Journal d'un coup de foudre

Baiser volé

Tome 3

Sarra Manning

Journal d'un coup de foudre

Baiser volé

Tome 3

Traduit de l'anglais par Julie Lafon

Titre original :
Diary of a Crush
3. Sealed with a Kiss

Publié pour la première fois en 2004,
par Hodder Children's Books, Londres.

Loi n° 49 956 du 16 juillet 1949 sur les publications destinées
à la jeunesse : mai 2006
Written by Sarra Manning and based on the J17 column *Diary of a Crush*

ISBN 2-266-15339-0

Journal d'Edie

Manchester – USA – Londres

8 septembre

C'est fou, maintenant mon journal se divise en tomes ! Je suis le Rousseau du vingt et unième siècle, version fille. Sauf que moi, je ne suis ni vieille, ni ringarde, ni morte.

Jusqu'à présent, ma vie pouvait se résumer de la sorte : une fille (moi) rencontre un garçon (Jim). S'ensuivent deux années de valses-hésitations douloureuses, de disputes et de réconciliations avec de rares périodes de répit. Mais tout a changé : avec Jim, on ressort ensemble depuis près d'un mois et, miracle ! on ne s'est pas disputés une seule fois. C'est louche.

Hugues (le roi des ex perfides) rôde toujours dans les parages ; heureusement, pas de Clotilde (la reine des ex perfides) à l'horizon.

Mes autres occupations (qui n'incluent pas Jim mais n'en sont pas moins importantes) consistent à travailler dans un café, à jouer dans un groupe avec mes amies Penelope, Atsuko et Deborah, et à essayer de réfléchir à ce que je voudrais faire quand je serai (enfin !) adulte.

12 septembre

Avec Jim, on n'a rien fait depuis deux semaines. La présence de mes parents, qui sont rentrés de leur seconde lune de miel, m'ôte tous mes moyens.

Le sexe, c'est bizarre. C'est comme un grand secret qui n'appartiendrait qu'à moi. Un endroit qu'avec Jim, nous serions les seuls à avoir exploré. Avant leur retour, Jim a vécu à la maison. On disparaissait sous les couvertures, émergeant de temps à autre pour se ravitailler dans le frigo. Ce n'est pas qu'on passait notre temps à faire l'amour, non, c'est juste que le monde n'existait plus en dehors de lui et moi. Et l'un comme l'autre, on n'est plus les mêmes.

Quand il fait noir et que la seule source de lumière provient de la télé silencieuse installée dans un coin de ma chambre, il me parle de tout et de rien à voix basse. De sa famille, de ses rêves et de ses peurs. Je n'ai pas l'intention de mettre ses confidences par écrit parce que c'est privé : c'est l'histoire de Jim, pas la mienne. Mais maintenant je comprends pourquoi il est lunatique, difficile à vivre et un peu paumé, tout en restant le garçon le plus adorable qu'on puisse imaginer.

Est-ce que j'ai précisé que, chaque jour, je suis un peu plus amoureuse de lui ? C'est comme se noyer, sauf que l'eau est si chaude que ce n'est pas bien grave.

14 septembre

Ce soir, on a eu une répétition. On commence à ressembler à un vrai groupe. Enfin, dans un monde où les « vrais groupes » parleraient de Converse roses dans leurs chansons, avec une chanteuse qui insisterait pour faire du houla-hoop pendant les morceaux rapides. Plus ça va, plus Penelope perd la boule. La preuve : avec Deborah et Atsuko, on était en train de ranger notre matériel quand elle a balancé son scoop d'un ton désinvolte. Trop désinvolte.

— Au fait, on joue le mois prochain pour la soirée d'Halloween.

On s'est exclamées toutes les trois en même temps :

— Quoiii ?

— Ben oui, a-t-elle répondu innocemment. On ne va pas répéter jusqu'à la saint-glinglin. On est prêtes !

— Mais, mais, mais... a balbutié Deborah tandis qu'Atsuko jurait en japonais.

Je crois que c'étaient des jurons, mais je ne pourrais pas en mettre ma main au feu. Penelope a commencé à montrer des signes d'agitation.

— C'est l'heure, non ? Faut que j'y aille.

Et elle a pris ses jambes à son cou, histoire de ne pas avouer qu'elle avait la trouille d'affronter la colère de ses amies.

Plus tard, en allant manger un morceau, j'ai dit à Grace :

— Je vais trucider ta sœur.

Grace n'a pas semblé s'émouvoir.

— Elle est impulsive, c'est tout, a-t-elle répondu de sa petite voix.

Depuis le festival de musique, on s'est beaucoup rapprochées. (Enfin, je parle et elle écoute.) Elle a compris qu'elle devait s'impliquer dans la vie plutôt que de l'observer de loin. Et je me suis juré de la faire sortir de sa coquille. Parce que j'ai un cœur d'or, au cas où vous ne l'auriez pas remarqué.

On arrivait en haut de sa rue quand mon portable a sonné. C'était Jim.

— Salut, toi, ai-je susurré.

— Mes colocs sont à une rave qui va bien durer toute la nuit.

— Et ?

— Tu viens dormir chez moi ?

— Ça marche ! Je ramène des DVD et de la glace ?

— Ramène-toi avec ta brosse à dents, ça suffira. Je m'occupe des divertissements.

Cool ! Ce soir, je vais me faire dorloter.

15 septembre

Ce que je préfère quand je dors chez Jim :

1. Il a un lit double (mais il squatte mon côté).
2. Il me réveille avec un bisou et une tasse de café.
3. Les câlins sont formidables.
4. Il partage l'appartement avec des étudiants fau-

chés, mais qui ont beaucoup plus de chaînes de télé qu'à la maison, et on peut regarder des films jusque tard dans la nuit en inventant les dialogues.

5. Il y a Jim.

Ce que je déteste quand je dors chez Jim :

On doit partager la salle de bains et il n'y a jamais d'eau chaude. Le siège des toilettes est toujours relevé. Et puis, hier soir, Hugues est entré pendant que je me lavais les dents. Heureusement j'étais habillée. J'ai vite compris qu'on ne se promène pas en sous-vêtements chez son copain si ce dernier vit avec d'autres garçons.

J'ai jeté un regard noir à Hugues. Dur d'envoyer quelqu'un promener quand on a la bouche pleine de dentifrice.

— Tu restes pour la nuit ? a-t-il demandé avec un sourire mauvais. Dis donc, tu es passée de la vierge timide à la femme expérimentée en l'espace de dix secondes.

J'ai craché dans le lavabo avant d'indiquer la porte avec ma brosse à dents :

— Dégage !

Hugues n'a pas bougé d'un cil. Il s'est contenté de chuchoter (en sale crétin manipulateur qu'il est) :

— Tu sais quoi, poulette ? Tu n'as pas l'air aussi frais qu'avant. Tu t'es un peu fanée, si tu vois ce que je veux dire.

J'ai reculé d'un pas et me suis cogné les fesses contre le bord du lavabo.

— Tu me dégoûtes ! Maintenant, du balai ! ai-je répliqué, furieuse sans élever la voix.

Si Jim avait appris que Hugues était entré dans la salle de bains pendant que je m'y trouvais, ç'aurait été le conflit du siècle !

D'un geste menaçant, j'ai brandi ma brosse à dents dans la direction de Hugues et il a fini par sortir en ricanant.

Ça m'a fichue de mauvaise humeur pour le reste de la journée.

19 septembre

Jim retourne à l'université à la fin de la semaine. Finis les câlins dans la réserve, vu qu'il reprend son boulot à mi-temps chez Rhythm Records, le magasin de disques voisin.

— Raison de plus pour faire la fête ce week-end, a déclaré Penelope comme je me désolais de ne plus avoir à portée de main un garçon toujours disposé à m'embrasser.

— Oui, ça me changera de la friture et des esclavagistes qui nous obligent à répéter sept jours sur sept, vingt-quatre heures sur vingt-quatre.

— Il nous reste à peine plus d'un mois avant le concert, a répliqué Penelope. Il faut qu'on soit parfaites, sans oublier d'avoir l'air cool et un peu déjanté.

J'ai agité les mains sous son nez.

— J'ai les doigts engourdis à force de jouer mes accords et de faire la vaisselle. Je finirai par te demander de me rembourser mon budget crème pour les mains.

— Va prendre la commande de la table cinq au lieu de geindre.

C'est sûr, je vais avoir des cals sur le bout des doigts. En plus, je suis obligée d'avoir les ongles très courts et mon vernis s'écaille au bout de cinq minutes. Cette histoire de rock'n'roll, ce n'est pas glamour pour deux sous.

21 septembre

Si je pensais pouvoir passer l'année à servir du café en attendant mon heure de gloire, la Mère Supérieure avait d'autres idées en tête. Elle estime que je devrais consacrer mon année sabbatique à un projet qui en vaut la peine (traduction : ennuyeux à mourir), comme travailler dans un pays du tiers-monde ou encore aller faire du trekking dans l'Himalaya. Sous-entendu : elle n'approuve pas ma relation avec Jim. Alors que j'aurais pu vivre une histoire d'amour sérieuse avec Jake, alias Hugues, « un garçon adorable ».

J'ai beau lui répéter jusqu'à épuisement : « Hugues n'était qu'un salaud et un manipulateur », rien à faire.

— Il n'empêche que lui, au moins, était bien élevé. Alors que Jim me semble très ennuyeux.

Je rêve !

22 septembre

J'ai pris un jour de congé, histoire de passer un peu de temps avec Jim avant qu'il reprenne ses études.

On est allés à Londres visiter la Tate Modern Gallery. Après avoir admiré les Warhol, on a marché main dans la main le long de la Tamise, qui, à vrai dire, n'arrive pas à égaler le canal de Manchester.

— Quel dommage que l'été soit fini ! me suis-je lamentée en m'asseyant sur un banc. Je vais retomber dans la routine.

— L'hiver, c'est sympa aussi, a objecté Jim. On restera chez moi, bien au chaud. À la nuit tombée, je peindrai pendant que tu joueras de la guitare. »

— Il n'y a pas de chauffage chez vous, lui ai-je rappelé.

Je me souvenais d'une fête, l'hiver dernier, pendant laquelle je n'avais pas quitté mon manteau.

Jim a secoué la tête en souriant :

— Tu as des goûts de princesse !

J'ai posé ma tête sur son épaule, mon oreiller préféré ces derniers temps.

— Ma mère n'est pas de cet avis. Elle pense que je devrais profiter de mon année sabbatique pour sillonner l'Asie. Est-ce que j'ai une tête à vivre dans un endroit où il n'y a pas de toilettes publiques ?

— On pourrait partir en voyage, l'été prochain, a suggéré Jim, qui n'avait sans doute pas envie de s'étendre sur le sujet des toilettes.

— Ah oui ! Où ça ? Blackpool ? Ou Paris, tiens !
Jim a sursauté et je me suis redressée.

— Oh, je sais ! Et si on allait en Amérique ?

— Atterris, Jimmy. Ce genre de projet coûte une
fortune. Mes maigres revenus suffiront à peine à couvrir le prix d'une ou deux glaces.

— Ce n'est pas si cher que ça. J'ai de l'argent sur
un compte en banque que mon père m'a laissé en
partant, pour se décharger de sa culpabilité. Il nous
reste une année pour économiser. On pourrait louer
une voiture et faire un road trip. Un road trip, Edie !

Je n'étais toujours pas convaincue.

— Tu crois qu'on sera encore ensemble d'ici là ?

Il m'a effleuré le visage.

— On ne se débarrasse pas de moi aussi facilement.
Imagine, on irait à New York, Los Angeles, San Francisco... Je suis certain que ça te plairait.

Il n'avait pas tort. Je veux passer du temps avec lui
et partager ses projets. Me lancer dans des aventures
excitantes, partir sur la route à bord d'une voiture
sympa, visiter des endroits que je n'ai vus que dans
des films. Et puis faire du shopping : une fille trouve
sûrement son bonheur au pays de la consommation
effrénée.

— J'ai toujours rêvé de visiter La Nouvelle-
Orléans, ai-je admis. Et Seattle, ou Chicago. Oooh !
Il faut qu'on aille à Las Vegas ! C'est vrai ? On va
s'offrir un road trip ! Je vais mettre de côté tous mes

pourboires et vider mon compte épargne. Tant pis pour les chaussures Marc Jacobs...

Jim s'est levé d'un bond pour me prendre dans ses bras et il m'a fait tourner jusqu'à ce que j'aie le vertige.

— Pense à tous ces petits motels qui nous attendent avec de grands lits doubles et aucun parent, ami ou colocataire pour nous pourrir la vie.

— À propos, mes parents sont de sortie ce soir.

Jim m'a souri avec malice.

— Ce qui signifie...

— ... que la maison est vide. Allons-y ou on va rater le train.

23 septembre

On a décidé d'organiser une fête surprise en l'honneur de Jim. Histoire de célébrer le départ (il était temps !) du plus mauvais cuisinier de la terre. La fête aura lieu dans un vrai bar, je passe assez de temps comme ça au café.

J'ai investi tous mes pourboires du mois (mais je commence à économiser dès demain pour l'opération road trip) dans une robe vaporeuse très couture qui m'a coûté les yeux de la tête. J'étais en train de virevolter devant le miroir de la salle de bains pour vérifier l'effet, quand j'ai entendu la sonnette d'entrée.

Jim portait son jean le plus miteux (miteux, c'est un euphémisme : ses autres jeans doivent refuser qu'on les range à côté dans l'armoire) et un tee-shirt maculé de peinture. Il m'a dévisagée d'un air perplexe.

— Tu en jettes, ce soir... mais je te rappelle qu'on va juste boire un verre dans un pub, a-t-il balbutié devant ma mère, qui lui a jeté un regard courroucé.

— Moi, je trouve Edie superbe, a-t-elle commenté, un rien crispée.

— Ne m'attends pas, Maman, ai-je lancé en tirant Jim par la manche.

Au prix d'un gros mensonge, j'ai réussi à traîner Jim jusqu'au bar où on avait rendez-vous. Lui s'était mis en tête d'aller jouer au billard dans le pub tenu par un vieux monsieur, tout en haut de ma rue.

Il a flairé l'arnaque quand j'ai dû piquer une colère magistrale pour le faire monter dans le bus qui devait nous emmener en ville. Je suis complètement nulle dès qu'il s'agit de garder un secret : lorsque Jim a commencé à me harceler de questions, je n'ai pas eu d'autre choix que de me taire. Et de garder les yeux rivés sur la vitre tandis qu'il essayait de me faire cracher le morceau :

— Allez, Edie, a-t-il supplié. Tu vas me dire ce que tu manigances ?

Puis il s'est mis à me chatouiller, ce qui non seulement ne m'amuse pas du tout, mais en plus me donne envie de faire pipi. Alors je me suis levée, je l'ai enjambé pour aller m'asseoir ailleurs et je suis restée dans mon coin jusqu'à ce qu'il promette de se tenir tranquille. J'imagine qu'il avait déjà deviné quand on est arrivés devant le bar : à l'entrée, on avait accroché une pancarte garnie de ballons de baudruche. « Fermé : soirée privée ». Il m'a lancé un regard de reproche en poussant la porte. Tony l'Italien l'attendait pour l'envelopper dans une étreinte collante.

— Tu croyais qu'on te laisserait partir sans dire au revoir ? a-t-il crié à l'oreille de Jim.

Anna, la patronne du café, s'est interposée pour l'embrasser à son tour.

— Si tu n'avais pas donné ta démission, j'aurais dû te virer, a-t-elle plaisanté, et je n'ai pas pu m'empêcher de bouder car elle ne se décidait pas à lâcher mon petit ami.

Devant mon air furieux, Penelope a levé les yeux au ciel avant de brandir une bouteille de vin à mon intention. J'allais la rejoindre quand Jim a passé le bras autour de ma taille et m'a attirée contre lui.

— Tu vas me le payer ! Espèce de chipie.

J'ai constaté avec soulagement qu'il souriait.

J'ai passé une super-soirée. On a eu droit à un gâteau (qui n'était pas l'œuvre de Jim, ouf !). On a dansé. Tous ceux que j'aime étaient venus : Nicolas, mon copain homo, Deborah, Atsuko, Penelope, les gars de Rhythm Records, Alice et Paul. Chaque fois que je croisais le regard de Jim, il me dévisageait comme si j'étais la plus jolie fille du bar. J'ai vécu un de ces moments parfaits qu'on a envie de conserver dans une boîte pour les ressortir en cas de déprime. J'aurais voulu que la soirée ne finisse jamais. Mais bien entendu, tout a une fin...

Alors que je me dirigeais vers le bar en sortant des toilettes, une fille aux longs cheveux roux m'a barré le passage et s'est jetée dans les bras de Jim en annonçant à la cantonade :

— Je suis rentrée, mon chéri. Et tu sais quoi ? J'ai décidé de te pardonner.

C'était Clotilde.

J'ai dû rester en retrait histoire de contenir ma rage, ma colère, ma fureur.

23 septembre (plus tard)

Toujours pas calmée.

23 septembre (encore plus tard)

Ça va mieux. Où en étais-je ? Ah oui, Clotilde ! Là, devant moi, une horrible apparition revenue d'entre les morts.

Rendons-lui justice, Jim a paru horrifié quand elle a essayé de s'accrocher à lui. Il l'a repoussée doucement mais avec fermeté, puis il a répondu quelque chose. J'étais trop loin pour l'entendre. Quelle que soit sa réponse, Clotilde n'a pas eu l'air d'apprécier. Les mains sur les hanches, elle a rejeté sa fichue tignasse en arrière en faisant la moue.

— Elle l'a garé où, son balai, Cruella ? a demandé Nicolas en rajoutant du vin dans mon verre.

Mes yeux lançaient des éclairs.

— Je ne sais pas, mais je vais m'assurer qu'elle l'enfourche et retourne d'où elle vient.

Nicolas m'a retenue par le bras pour m'empêcher de commettre un acte stupide, genre insulter cette harpie ou lui taper dessus.

— Non, non, ma belle. Ne monte sur le ring qu'en dernier recours.

J'ai dû rester là à regarder Clotilde minauder devant Jim. Je ne savais pas ce qu'il était en train de lui raconter, en tout cas elle semblait le prendre plutôt mal. Elle a levé les yeux au ciel, et Jim est passé en mode « j'essaie de raisonner une gamine idiote ». Soudain sa physionomie s'est transformée. Quand Jim est furieux, son visage se ferme. C'est bizarre. Tous ses traits se figent en un masque impénétrable.

Il avait justement cette tête-là.

Clotilde a pointé un doigt menaçant vers lui et j'ai eu une impression de déjà-vu : je me suis rappelé le jour du départ pour le festival, quand elle avait tenté de le frapper.

— Je ne peux pas rester plantée là, les bras ballants ! ai-je crié à Nicolas qui me retenait toujours d'une poigne de fer.

C'est à ce moment que j'ai vu la main de Clotilde partir.

Je me suis dégagée avec violence et j'ai foncé vers Jim. J'ai glissé sur le sol humide, manquant renverser Alice au passage.

Clotilde avait recommencé à menacer Jim du doigt.

— Ce n'est pas terminé tant que je ne l'ai pas décidé ! a-t-elle hurlé.

J'ai bousculé Nicolas et Alice qui essayaient encore de s'interposer. Puis j'ai poussé Clotilde de toutes mes forces avant de me précipiter vers Jim.

— Tu n'as rien ? Elle t'a fait mal ?

Je me suis cramponnée à son col et j'ai massé sa joue endolorie du revers de la main.

— Je te donne un mois entier pour régler le problème et je te retrouve avec cette petite garce ?

Les traits de Jim étaient toujours tendus. Il m'a pris la main.

Je me suis tournée vers Clotilde, l'air menaçant.

— Si tu ne fiches pas le camp tout de suite, je vais...

Clotilde, les mains sur les hanches, m'a adressé un sourire ironique.

— Je t'écoute : qu'est-ce que tu vas faire ? Me priver de télé ?

Effectivement, je n'en avais aucune idée. La dernière fois que j'avais vu Clotilde, elle m'avait presque scalpée. Elle s'était incrustée à la soirée de départ de Jim, elle l'avait frappé. Cette fille semait la zizanie partout où elle passait, il fallait l'arrêter.

— La dernière fois qu'on s'est battues, je t'ai poussée

dans une fosse septique. Je te laisse deviner ce que je ferai cette fois-ci.

Je devais avoir l'air flippant, franchement flippant. Et peut-être un peu dingue, aussi.

Clotilde a ébauché un sourire moqueur mais elle n'a pas demandé son reste.

— Vous vous êtes bien trouvés, les deux minables, a-t-elle lancé avant de disparaître dans un nuage de fumée nauséabonde.

Bon, d'accord, j'exagère, elle est sortie par la porte.

Après, Jim s'est comporté comme si de rien n'était. Pourtant je voyais bien que ça n'allait pas fort. Tout le monde n'arrêtait pas de lui demander s'il n'avait rien de cassé. J'imagine qu'il avait honte d'avoir reçu une gifle devant ses amis, qui avaient ensuite assisté à l'expulsion de son ex par sa copine, pendant que lui observait la scène, les bras ballants.

Alors il a fait ce que font les garçons en pareille situation : il s'est pris une cuite mémorable.

Anna nous a ramenés chez moi parce que Jim ne trouvait plus ses clés. Ensuite il a vomi dans l'allée du jardin. J'ai réussi à atteindre la cuisine en le soutenant. Il empestait la bière. J'espérais que des litres de café noir parviendraient à le dessoûler.

J'étais en train de remplir la bouilloire pendant que Jim, collé contre moi, s'était mis à me lécher le cou comme un chiot affamé, quand mon père a descendu l'escalier.

— Edith ? Qu'est-ce qu'on t'a dit au sujet du couvre-feu ?

Il s'est interrompu quand Jim m'a repoussée pour aller vomir dans l'évier.

Il y a eu beaucoup de cris et des seaux de Monsieur Propre. Encore des cris. Puis Jim s'est écroulé sur la table de la cuisine. Plus de cris. Enfin Jim s'est fait bannir de la maison à tout jamais et les cris ont repris de plus belle.

Tout ça, c'est la faute de Clotilde.

27 septembre

Ma mère ne m'adresse plus la parole ! Ce n'est pourtant pas moi qui me suis soûlée à mort avant de vomir dans tous les coins. J'ai essayé de lui expliquer ce qui s'était passé au moins un million de fois, mais elle répète encore et toujours la même rengaine : Jim a une très mauvaise influence sur toi, bla-bla-bla... avant de se souvenir qu'elle ne me parle plus.

Alors j'en profite pour sortir sans arrêt. Je vais travailler puis je squatte chez Jim le plus souvent, chez Penelope ou encore chez Alice, et ma mère pique sa crise : elle me reproche de considérer la maison comme un hôtel. Mais si j'étais à l'hôtel, on me préparerait mon petit déj et je n'aurais pas à m'occuper de ma lessive. Et chaque matin, je trouverais des chocolats belges sur mon oreiller.

Jim est bizarre depuis l'incident Clotilde. Je ne peux pas m'empêcher de repenser à ce qui s'est passé la première fois qu'on est sortis ensemble : la situation a vite dégénéré et on a rompu. Je ne supporterais pas que ça se reproduise, mais c'est si dur de lui parler.

À mon avis, il considère qu'il a perdu la face. Pourtant, ce n'est pas le cas. Je m'inquiéterais bien plus s'il lui avait rendu ses coups.

Je croyais que Jim avait surmonté son problème de communication (oui, je sais, je parle comme dans un film américain de série B), mais il s'est à nouveau fermé comme une huître.

Tout allait pourtant si bien.

29 septembre

Aïe ! Je viens de recevoir un texto de Jim : apparemment, il faut qu'on parle. J'ai un mauvais pressentiment.

30 septembre

Oubliez ce que j'ai dit. Tout va pour le mieux dans le meilleur des mondes. Hier soir, Jim m'a invitée dans un petit resto français et il m'a tenu la main pendant le dîner. Je ne me fais plus de souci à propos de Clotilde : au lieu de procéder de la manière habituelle (je boude et je m'énerve), j'ai attaqué le problème de front. Parce que je suis une personne mûre et responsable.

— Il faut qu'on parle de Clotilde, ai-je déclaré tandis que le serveur se lançait dans un tas de salamalecs pour déboucher la bouteille de vin.

Jim a fait la grimace et s'est mis à tripoter nerveusement sa serviette. Puis il a hoché la tête pour me signifier que je pouvais continuer si j'y tenais. Je n'y tenais pas du tout, à vrai dire, mais je n'avais pas le choix.

— Bon, ai-je repris d'un ton ferme. Tu es sorti avec elle, soit, mais j'ai l'impression qu'il y a quelque chose de louche là-dessous, que tu ne veux pas m'avouer. On croirait que tu as peur de perdre mon estime, mais tu dois savoir que ça n'arrivera pas. Enfin, je veux dire : tu auras toujours mon estime.

Mon petit discours était un peu confus et maladroit. Jim s'est passé la main dans les cheveux en soupirant.

— Je ne peux pas en parler. J'en suis incapable. Je me débrouille toujours pour foirer mes relations amoureuses, tu sais déjà tout ça.

Je n'allais pas le laisser s'en tirer avec ce défaitisme à deux balles, alors qu'on venait juste de recoller les morceaux.

— Arrête ton cinéma, ai-je répondu en le menaçant de ma fourchette. Tu ne vas pas te débarrasser de moi comme ça, Jim. Je suis là pour un moment, alors tu ferais mieux de t'y habituer.

Et soudain il a vidé son sac tandis que ses crêpes aux champignons refroidissaient dans son assiette. Il m'a expliqué que sa relation avec Clotilde avait été une suite d'humiliations, un cercle vicieux dont il n'arrivait pas à sortir. Il s'était empêtré dans une histoire sordide avec cette fille qui répétait sans cesse qu'il était nul et que personne d'autre qu'elle ne voudrait de lui.

— Mais tu savais bien que ce n'était pas vrai, ai-je protesté.

Je détestais cette table qui nous séparait : j'aurais voulu le serrer dans mes bras et ne plus le lâcher afin que personne ne puisse lui faire de mal.

Il tripotait sa serviette en évitant mon regard comme un petit garçon pris en faute. Puis, d'une voix étranglée qui m'a bouleversée, il a répondu :

— Peut-être, mais la plupart des filles que j'ai côtoyées m'ont dit que je ne valais rien.

— À part moi, ai-je objecté.

Jim a levé vers moi des yeux plus brillants que d'ordinaire, comme s'ils allaient se remplir de larmes d'une seconde à l'autre.

— Oui, à part toi.

On est restés silencieux un long moment, les yeux dans les yeux. Jim n'arrêtait pas de se tortiller sur sa chaise. Il avait déchiré sa serviette et jouait maintenant avec les petits bouts éparpillés devant lui.

Soudain, après avoir pris une grande inspiration, il a dit :

— Tu me rends plus heureux que je ne l'ai jamais

été. Tu crois vraiment que je laisserais Clotilde ou qui que ce soit d'autre nous séparer ? Je suis amoureux de toi, Edie, tu ne le vois pas ?

Et toutes mes inquiétudes se sont envolées. Je ne suis pas de ces idiotes qui ne puisent leur confiance en elles que chez leur petit ami, mais, depuis deux ans et demi, Jim joue un rôle très important dans ma vie, et c'était la première fois qu'il me disait qu'il m'aimait. Euh, non, ce n'est pas tout à fait exact. Il m'avait déjà avoué ses sentiments quand on s'était séparés, mais je crois qu'à l'époque, il m'aimait comme on aime les Choco Pops. Alors que maintenant il m'aime d'un amour passionné, il est prêt à donner sa vie pour moi. Ou du moins la dernière frite dans son assiette sans que je sois obligée d'insister trop lourdement.

Bien entendu, il a fallu que je râle. C'était ça ou éclater en sanglots sous le coup de l'émotion.

— Je ne crois pas que j'aie jamais rendu quelqu'un heureux avant toi. Je ne suis pas douée pour les responsabilités.

Jim s'est esclaffé et a failli recracher sa salade verte sur la nappe.

— Ces derniers temps, le moindre de tes gestes, la moindre de tes paroles me fait fondre. (Son visage s'est assombri.) Si ça continue, je vais devenir ton esclave.

— Si tu étais mon esclave, tu cesserais de broyer

25

du noir et tu m'achèterais des cadeaux hors de prix, tu me ferais des massages et, oooh ! tu te lèverais super-tôt pour m'emmener au boulot en voiture, et puis...

— Arrête-toi là, avant de te retrouver célibataire, Edie.

J'avais réussi à chasser ses idées noires ! Il souriait, à présent. De petits plis très sexy venaient d'apparaître au coin de ses yeux.

Puis il m'a fait du genou sous la table. J'en ai déduit qu'en rentrant je n'aurais pas beaucoup de mal à l'attirer dans ma chambre.

3 octobre

Sans rire, de ma mère et moi, c'est moi l'adulte.

Ce matin, je l'ai fait asseoir, puis je lui ai préparé une tasse de café bien fort et je lui ai expliqué que Jim et moi, on était ensemble et qu'il n'y avait pas de quoi s'affoler.

— J'apprécie ta franchise, Edie, mais il t'a fait du mal et il t'en fera encore.

Elle avait prononcé ces mots d'un ton définitif.

— Il a changé et j'ai changé, ai-je protesté. Je suis moins sous le charme cette fois-ci. Je contrôle mieux la situation.

Lui raconter que j'avais fait de Jim mon esclave n'était pas une bonne idée.

Je me donnais du mal pour rien.

— Je tâcherai de m'en souvenir quand il t'aura

brisé le cœur. Il a prouvé qu'il n'était pas digne de confiance. Une fois de plus !

Argh ! C'est bien ma mère de me renvoyer mes propres mots à la figure !

— Écoute, cette fois, c'est différent. On est passés à l'étape supérieure.

Plus je me tuais à essayer de lui faire comprendre mon point de vue, plus elle perdait patience.

— Qu'est-ce que tu cherches à me dire par là ? Que vous avez couché ensemble ?...

Ma mère avait la tête de quelqu'un qui vient de s'avaler une rasade d'acide chlorhydrique. Au prix d'un effort surhumain, j'ai réussi à ne pas lever les yeux au ciel.

— Oui, ai-je répondu avec réticence. J'ai couché avec lui, mais tu n'as pas à t'inquiéter, on se comporte en personnes responsables : j'ai consulté mon gynécologue et on utilise une contraception...

Bien souvent (et à mon grand désespoir), c'est ELLE qui m'a abreuvée de détails embarrassants sur le sexe, glissant des histoires de préservatifs dans la conversation pendant que j'essayais de dîner. Je ne comprends pas sa volte-face.

Soudain elle a soupiré avant de reposer lourdement sa tasse sur la table en nous éclaboussant toutes les deux de décaféiné.

J'ai reculé d'un bond pour protéger mon tee-shirt.

— Maman ? ! Qu'est-ce qui ne va pas ?

— Il est hors de question que tu aies des rapports

sexuels ! Pas dans cette maison et pas avec ce garçon, en tout cas. Je te l'interdis !

Sa réaction m'a mise hors de moi, j'en ai oublié que j'étais devenue une personne raisonnable et sensée.

— Très bien ! Puisque c'est comme ça, j'aurai des rapports sexuels ailleurs.

— Tu n'as pas intérêt !

— Je vais me gêner !

La situation a rapidement dégénéré : on se serait cru dans une comédie de boulevard à laquelle on aurait rajouté les passages les plus mélo d'une mauvaise série télé.

Notre pire dispute dans l'histoire de toutes nos disputes a pris fin quand ma mère s'est arrêtée de hurler comme une poissonnière et de passer ses nerfs sur les ustensiles de cuisine. Elle s'est tournée vers moi et, la voix tendue, elle a déclaré :

— Ça suffit.

— Quoi ? ai-je braillé.

Une fois que j'ai poussé le volume à fond, on ne peut plus m'arrêter.

— J'ai parlé à tes grands-parents et nous avons décidé que tu passerais ton année sabbatique chez eux.

— Quoiiii ? Mais ils habitent Brighton !

— Tu m'as bien comprise. Tu ne me laisses pas d'autre choix, ma fille.

À ces mots, je me suis précipitée dans ma chambre, j'ai pris ma valise en haut de mon armoire et j'ai commencé à y jeter pêle-mêle des objets ramassés au hasard. Je n'avais pas de projet précis en tête. Résultat : je me retrouve à squatter la chambre d'amis chez Penelope avec pour tous bagages quelques chaussettes dépareillées et des boîtes de CD vides.

Les filles ont rappliqué après que j'ai envoyé en quatre exemplaires un texto hystérique. Atsuko pense que ma mère a du mal à couper le cordon ombilical parce que je suis sa fille unique. Tu parles ! À mon avis, c'est la ménopause, ou bien toutes les vapeurs de détergent qu'elle a inhalées lui ont fait perdre la boule.

7 octobre

Maman a dû s'imaginer que je m'installerais chez Jim (c'était d'ailleurs ma première idée mais je me suis dit que ça ne ferait qu'envenimer la situation, et puis je risquerais de croiser Hugues). Elle m'a appelée aujourd'hui pour savoir si j'avais emporté des sous-vêtements propres. Je suis sûre qu'elle voulait vérifier si j'allais bien.

Très vite, on est passées au chapitre quarante-sept de LA dispute – juste après qu'elle m'a suppliée de rentrer à la maison – vu qu'elle a enchaîné sur « Il faut que tu trouves un projet viable pour ton année sabbatique » et le sempiternel « Nous ne voulons pas que tu couches avec CE garçon sous notre toit ». J'ai essayé de lui expliquer que j'économisais pour partir aux États-Unis l'année prochaine (sans mentionner que Jim faisait partie du plan) et je lui ai rappelé pour la énième fois que je pouvais très bien continuer à coucher avec mon copain ailleurs. Sur quoi elle a éclaté en sanglots et je lui ai raccroché au nez.

Non mais sans blague ! Pourquoi fait-elle autant d'histoires ? Je ne réponds pas, je suis serviable (la plupart du temps, elle n'a pas besoin de me répéter cent fois de ranger mon bol sale dans le lave-vaisselle), je finance moi-même mon année sabbatique et mon road trip sans demander le moindre sou, et j'ai des rapports sexuels protégés dans le cadre d'une relation stable avec un garçon que je connais depuis deux ans et demi. Franchement, je connais peu de filles qui en feraient autant.

11 octobre

En ce moment, l'ambiance est à couper au couteau. Tout devrait marcher comme sur des roulettes : il y a Jim, mon boulot – plutôt sympa si l'on excepte l'odeur de friture –, le groupe et puis Penelope. Mais j'ai l'impression de me balader avec un gros nuage noir au-dessus de la tête.

Pour couronner le tout, j'ai eu une autre « entrevue » avec Hugues ce matin. J'étais en train de chercher une tasse dans le placard de la cuisine en fredonnant pour ne pas penser à ma mère, quand il a rappliqué.

Au lieu de me balancer une de ces remarques perfides dont il a le secret, il s'est planté juste à côté de moi et, sous prétexte d'attraper le pot de beurre de cacahuètes, m'a frôlé la poitrine. Je peux affirmer, à son sourire, que ce n'était pas un accident.

Et c'est vraiment par inadvertance qu'en prenant la bouilloire j'ai renversé quelques gouttes d'eau très, très chaude sur sa vilaine main baladeuse.

— Aïïïe !!

— Oups, désolée, ai-je susurré en le regardant avec de grands yeux innocents.

Il est sorti de la cuisine en jurant. Il y a des fois où j'assure un max.

Jim assure, lui aussi. Pauvre Jimmy. Il ne sait plus quoi inventer pour arranger la situation avec ma mère. S'il pouvait rentrer sous terre, il le ferait. Il me demande sans arrêt comment je me sens et il m'achète des tonnes de sucreries : il a la naïveté de croire que pour les filles n'importe quel problème peut se résoudre avec du chocolat. Si seulement c'était aussi simple !

Hier soir, comme je n'arrivais pas à dormir, je me suis assise sur le rebord de la fenêtre pour essayer de lire un peu, mais, les yeux perdus dans le vague, j'ai commencé à ruminer. Soudain, Jim s'est assis dans le lit.

— Pourquoi tu ne dors pas ? a-t-il demandé d'une voix ensommeillée.

— J'ai la tête trop pleine, ai-je murmuré. Rendors-toi.

Jim a tendu la main, m'a ramenée dans le lit puis a rabattu les couvertures et s'est lové contre moi.

— Je ne supporte pas que ma mère et moi on ne se parle plus, me suis-je lamentée tandis qu'il essayait d'appuyer ma tête contre son torse.

J'ai résisté : Jim est trop maigre pour faire office d'oreiller.

— On ne s'était jamais disputées comme ça auparavant.

— Toutes les mères sont des cas cliniques, a-t-il répondu pour me consoler. C'est une donnée universelle, à mon avis.

— Mais je ne voulais pas quitter la maison ! me suis-je écriée. Je suis trop jeune et trop bête pour me débrouiller seule. C'est trop lourd à porter.

— Laisse-moi deviner : tu flippes, tu te sens minuscule face à l'immensité du monde, ce truc qui va t'avaler tout entière, et tu as peur que personne ne s'aperçoive que tu n'es plus là, c'est ça ?

Jim avait manifestement trop écouté Radiohead mais il marquait un point.

— Tu t'en apercevrais, si je disparaissais, hein ? ai-je demandé.

Le pire, c'est que je ne plaisantais pas. Ma voix me semblait désincarnée, soudain. Jim m'a serrée plus fort.

— Je n'ai pas besoin que tu disparaisses pour m'apercevoir que quelque chose ne va pas, a-t-il répondu sans hésiter.

Puis il m'a caressé les cheveux tout doucement jusqu'à ce que je m'endorme.

13 octobre

Hugues a déménagé. Il s'est fait la malle en emportant la télé et en devant un mois de loyer. J'ai beaucoup de mal à dissimuler mon soulagement. Je n'aurai plus à supporter sa présence quand je viendrai passer la nuit chez les garçons : il me coinçait dès que je mettais un pied hors de la chambre pour me balancer des remarques obscènes. Tellement obscènes que je n'osais pas les répéter à Jim, il aurait pété un plomb.

Les garçons ne sont pas du genre à s'en faire dès lors qu'il n'est pas question de filles. Moi, si j'avais dû dénicher un nouveau colocataire, j'aurais été dans tous mes états, mais Simon, Paul et Jim semblaient très relax.

C'est aussi bien que ma brosse à dents fasse maintenant partie du décor (la mère de Penelope ne s'occupe pas de mes affaires, tant que je la préviens que je ne rentre pas dormir, histoire qu'elle ne m'imagine pas morte au fond d'un fossé), sinon je ne verrais pas Jim. Entre ses études, mon boulot de serveuse et Penelope qui nous fait répéter chaque soir, les seuls moments que l'on partage, c'est la nuit quand on s'écroule dans le lit.

15 octobre

Jim est passé aujourd'hui à l'heure du déjeuner.

— Je vais prendre un cheeseburger avec toutes les garnitures, plus un Coca et la plus grande portion de frites que vous ayez, a-t-il déclaré en guise de salut quand j'ai levé les yeux de la machine à café.

— Je vais bien, merci, et toi ? ai-je répondu d'un ton distrait.

Je sers un cappuccino à un costume-cravate surmené qui a lancé à Jim un regard assassin pour avoir osé me détourner de ma tâche. Heureusement, je suis assez douée pour faire plusieurs choses à la fois.

— Merci, à bientôt.

Jim m'a fait un clin d'œil.

— Si tu prépares mon déjeuner en un temps record, tu ne le regretteras pas.

— Ah bon, tu comptes me laisser un pourboire ? Grande première !

Jim a posé ses coudes sur le comptoir et m'a dévisagée d'un air malicieux.

— J'avais plutôt pensé t'emmener dans la réserve, si le cœur t'en dit.

Parfois, il est tout simplement trop.

— Le romantisme n'est pas mort. Bonjour... vous désirez ?

Comme j'étais en train de faire des yeux de merlan frit à l'élu de mon cœur, je n'ai pas prêté grande attention aux clients qui s'approchaient du comptoir. Soudain j'ai entendu une voix familière :

— Je vous connais ? Votre visage me rappelle quelqu'un.

— Papa ! Qu'est-ce que tu fais ici ?

Il se tenait devant moi, son attaché-case à la main, l'air très content de lui.

— J'ai entendu dire que ma fille était toujours de ce monde, alors j'ai voulu vérifier par moi-même.

Jim, qui avait cessé de lorgner mon décolleté, a commencé à se tortiller, mal à l'aise, tandis que mon père le détaillait des pieds à la tête.

— Et je suis sûr de vous avoir déjà vu, vous aussi, a poursuivi mon père d'un ton désinvolte, ce qui n'est jamais bon signe avec lui.

Jim a voulu mettre son sac en bandoulière et caler son carnet de croquis ainsi que son portefeuille sous son bras afin de pouvoir lui serrer la main, mais il n'a réussi qu'à tout faire tomber.

— Bonjour, monsieur. Oui, je suis Jim, a-t-il marmonné en se penchant pour ramasser ses affaires.

— Ah ! C'est donc vous ! La dernière fois que je vous ai croisé, vous étiez en train de vomir dans l'évier de ma cuisine.

Derrière les deux hommes les plus importants de ma vie, la file d'attente du déjeuner s'allongeait. Je n'avais pas d'autre choix que de faire les présentations officielles.

— Papa, voici Jim : tiens-toi bien, s'il te plaît. Jim, voici mon père, de qui je tiens mon légendaire esprit sarcastique. N'hésite pas à l'ignorer au besoin.

Ils ont échangé une poignée de main et la terre a recommencé à tourner. Puis mon père a indiqué une table libre à Jim :

— Après vous.

Jim avait la tête de quelqu'un qui vient d'apprendre qu'il lui reste deux semaines à vivre. Il a précédé mon père en traînant les pieds. Anna est allée prendre leur commande et je me suis cachée derrière l'ardoise où l'on inscrit les plats du jour dans l'espoir de saisir des bribes de leur conversation.

Mon père se montrait froid comme la banquise. C'est un tacticien hors pair. Sa méthode consiste à parler peu et à hocher la tête en souriant pour encourager à vider son sac.

Quand il l'applique avec moi, j'en arrive souvent à confesser mille crimes et je finis consignée dans ma chambre et privée d'argent de poche. Jim n'est pas de la même trempe. Il est plus solide que moi, ou il a moins bon caractère.

Il déchirait sa serviette en papier (sa manie préférée) en évitant le regard de mon père. De temps à autre, il ouvrait la bouche, donc j'en ai conclu qu'il parlait. Il est très doué pour répondre par monosyllabes quand il veut.

Mon étude d'anthropologie sociale a été interrompue par l'arrivée inopportune de clients. Pendant la demi-heure suivante, j'ai été débordée ; il a fallu qu'Anna me rappelle de prendre ma pause.

Jim et mon père étaient toujours assis dans leur

coin. Tony l'Italien m'a fait passer une assiette qui contenait mon déjeuner habituel – pommes de terre et poulet avec tomates à part qui, surtout, surtout, ne doivent pas toucher le reste –, et je me suis dirigée vers eux.

— ... ensuite je compte m'inscrire en maîtrise et, si tout se passe bien, enseigner en même temps, a expliqué Jim en s'adossant à la banquette. Comme ça je pourrai me consacrer à mes œuvres en gagnant aussi un peu d'argent.

— C'est un choix raisonnable, est convenu mon père. Bien que la période me semble très propice pour devenir un YBA.

— Un quoi ? ai-je dit en m'asseyant à côté de Jim.

— Un YBA, Young British Artist[1], ont-ils répondu à l'unisson.

J'ai commencé à me demander si je n'avais pas atterri dans un épisode de *La Quatrième Dimension*.

— Comme Tracey Emin ou encore Jake et Dinos Chapman, a ajouté Jim.

J'ai jeté un regard noir à mon père, qui s'est contenté de lever les sourcils.

— Franchement ! On se croirait dans un roman de Jane Austen. Tu as demandé à Jim de te parler de ses projets d'avenir, pas vrai ? C'est quoi, l'étape suivante ? Tu veux savoir si ses intentions sont honorables ?

1. Mouvement artistique de la fin des années quatre-vingt. *(N.d.T.)*

— Oh, on a déjà abordé ce sujet, a déclaré Jim. Relax, Edie, tout va bien.

— Méfie-toi de lui, ai-je repris en plantant ma fourchette dans une pomme de terre. Il est sournois.

— Merci, jeune fille.

Mon père souriait, l'air de regretter de ne plus pouvoir me priver de télé.

— Je te rappelle que je suis assis juste en face de toi.

— Oui, et j'aimerais bien savoir pourquoi.

— Ta mère s'inquiète beaucoup, a-t-il repris.

J'ai poussé un gros soupir et Jim m'a donné un coup de coude.

— Je sais qu'elle est un peu rigide... Elle a du mal à lâcher du lest.

Là, j'ai ricané. Mon père parlait d'une voix douce qui trahissait une légère tension, et je me suis retenue d'exploser. Ma mère commençait à me taper sur le système avec sa « rigidité ».

En bref, mon père pense que ce serait une bonne idée de venir déjeuner à la maison dimanche avec Jim, étant donné que, jusqu'à présent, à chacune de leurs rencontres, Jim était soit ivre mort, soit en train de me peloter, soit complètement débraillé. Je ne suis pas persuadée qu'un rôti de bœuf accompagné de Yorkshire pudding puisse régler le problème. Mais peut-être que je n'y connais rien.

20 octobre

Jim flippe à cause du déjeuner. Il est même dans tous ses états.

— Les parents, ce n'est pas mon truc, Edie. J'ai déjà du mal à gérer ma mère, alors tes deux géniteurs à la fois... a-t-il annoncé quand je suis passée le voir en rentrant du boulot.

On aurait dit que sa chambre avait été saccagée par une horde de démons mangeurs de vêtements. Toutes les fringues gisaient sur le lit.

— Je sais. Qu'est-ce que c'est que ce tas de vêtements ? ai-je demandé en me faisant une petite place pour m'asseoir.

— Je n'ai rien à me mettre, s'est-il lamenté en se prenant la tête à deux mains.

J'ai rigolé.

— Ce n'est pas drôle !

— On croirait entendre une fille !

Je me suis remise à glousser mais j'ai vite décidé de me calmer. Visiblement, il avait oublié son sens de l'humour sous une pile de tee-shirts.

On a inspecté sa garde-robe sans succès : il n'y avait rien qui puisse apaiser les inquiétudes de ma mère.

Je suis amoureuse de Jim et j'ai l'habitude de son allure excentrique. Pourtant, il faut bien l'admettre, ce genre de style passe mal avec les parents. J'ai brandi une chemise bleu pâle à jabot, particulièrement hideuse, que j'avais eu envie de brûler plus d'une fois.

— À quoi tu pensais, le jour où tu as acheté cette horreur ? Il n'y a que les vieux ringards pour porter des trucs pareils !

Jim m'a arraché la chemise des mains.

— Tu ne m'aides pas du tout, a-t-il grommelé.

Pour finir, je suis allée trouver Paul et je l'ai supplié de me prêter la chemise et le pantalon que sa mère lui a offerts pour Noël et qui, depuis, croupissent au fond de son placard. Je les ai tendus à Jim.

— Bon, tu n'as qu'à mettre ça et on n'en parle plus.

Après s'être changé, Jim a refusé de me laisser voir le résultat. J'ai forcé le passage et je suis restée bouche bée devant un tel changement. Jim avait l'air... euh... normal, bref ce n'était pas lui. Il semblait mal à l'aise, ce qui n'est pas du tout le cas d'ordinaire. Il n'arrêtait pas de tirer sur sa chemise. Puis il a essayé d'aplatir ses cheveux en se contemplant d'un air morne dans le miroir.

— Je ressemble à un crétin qui s'est fringué en petit cadre dynamique pour aller à une soirée déguisée, a-t-il fini par dire. C'est bien parce que c'est toi.

Et soudain, j'ai eu comme une révélation. Le problème, ce n'était pas les fringues de Jim. C'était le seul fait qu'il existe qui perturbait ma mère.

— Je ne veux pas que tu te déguises ! me suis-je exclamée. Je me fiche de la façon dont tu t'habilles et elle aussi.

Jim m'a dévisagée avec surprise tout en arrachant

sa chemise avec tant de violence que les boutons ont volé aux quatre coins de la pièce.

— Parfois, Edie, j'ai besoin de sous-titres avec toi.

— Le problème, c'est qu'on est ensemble. Elle se serait comportée de la même manière avec Hugues si les choses étaient devenues sérieuses entre nous. Ça n'a rien à voir avec tes vêtements...

Jim a haussé les épaules et son mouvement a révélé les muscles de son torse. J'ai avalé ma salive avec difficulté. J'ai très souvent vu Jim torse nu mais il y a des jours où j'ai l'impression de voir sa peau bronzée pour la première fois et ça me rend toute chose. Et puis, c'était moi qui rêvais ou il faisait soudain très chaud dans cette pièce ? Jim a planté son regard dans le mien : non, je ne rêvais pas...

— Donc elle me déteste parce que je lui enlève sa petite fille, a-t-il susurré en s'avançant vers moi avec des mouvements de prédateur.

— C'est sans doute parce que je suis sa fille unique et qu'elle m'a eue assez tard.

J'avais l'impression que mon corps ne m'obéissait plus : j'étais comme aimantée par Jim.

— Parfois, je me dis que j'ai de la chance d'avoir un père qui s'est fait la malle et une mère trop déboussolée pour s'occuper de mes affaires...

Il s'est tu puis, après m'avoir examinée de haut en bas :

— ... ou de mes fréquentations !

— Arrête ! me suis-je écriée en m'allongeant sur le lit. Je suis sûre que tu comptes beaucoup pour elle.

Jim n'a pas tardé à me rejoindre. Il m'a embrassée. Et plus je me laissais griser par ses baisers langoureux, plus ces histoires de mères et de mode vestimentaire me paraissaient dérisoires.

22 octobre

Penelope me tape sur le système. En ce moment, on répète quatre heures par jour en prévision de la soirée d'Halloween. La location de la salle nous coûte une fortune. En plus, les répétitions empiètent sur le reste : la détente, les moments privilégiés avec Jim, etc.

Sinon, pas grand-chose à signaler. En ce qui concerne le déjeuner, Jim considère que la situation est « sous contrôle ». Mouais, ça m'étonnerait.

Ah, et puis il y a un nouveau locataire dans l'appartement des garçons. Il s'appelle Julie. Euh... non, ce n'est pas ça. En tout cas, il a un nom de fille qui commence par J. Il joue dans un groupe, les Sweet Jane. Jim l'a rencontré au magasin de disques, où il vient souvent déposer des flyers.

Je n'ai jamais vu son groupe en concert, mais quand j'y ai fait allusion devant les filles, elles étaient surexcitées. Même Penelope ! En fait, elle était encore plus déchaînée qu'Atsuko et Deborah, alors que d'habitude les garçons ne l'intéressent pas trop.

— Tu es bien sûre que c'est le chanteur des Sweet Jane ? a-t-elle demandé hier soir, au beau milieu d'une chanson.

— Oui, je crois, ai-je répondu, trop absorbée par le refrain que j'essayais désespérément d'assimiler.

— Tu ne m'aides pas beaucoup, a marmonné Penelope. Enfin, il va vivre avec ton copain !

Incapable de me rappeler le prénom du type, j'ai préféré harceler Penelope en lui répétant sur tous les tons :

— Il te plaît, hein ? Il te plaît, le nouveau colocataire avec un prénom de fille ! Elle est amoureuseuh ! Elle veut sortir avec lui

Elle a fini par me frapper pour me faire taire.

24 octobre

Aujourd'hui, c'est dimanche, le jour du déjeuner. J'ai l'impression d'aller à un sommet pour la paix organisé par les Nations unies. Qu'est-ce qui m'a pris d'autoriser Jim à porter ses fringues habituelles ? Je n'aurais jamais dû lui raconter ces âneries, comme quoi maman le déteste uniquement parce qu'on couche ensemble. Non, il aurait fallu que j'exerce mon droit de veto sur ses jeans troués.

24 octobre (plus tard)

Jim est un dieu. Je ne vois pas d'autre explication. Je me disais que c'était un garçon pas banal, doté d'un goût vestimentaire assez particulier, doué de ses mains (et pas seulement pour tenir un pinceau). Eh bien, je me trompais : en réalité, il doit avoir une ascendance divine après le miracle qu'il a accompli tout à l'heure.

D'abord, il a laissé tomber le look négligé. Quand il est arrivé, il portait un pantalon de coton gris retenu par une ceinture – une fois n'est pas coutume ! – et une chemise noire sans traces de peinture ni inscriptions vulgaires, qui avait encore tous ses boutons. Et puis, merci mon Dieu, il s'était rasé et avait même essayé de dompter sa tignasse.

J'ai précisé qu'il tenait à la main un énorme bouquet de fleurs ?

J'ai cru que j'allais pleurer : malgré ses griefs contre ses propres parents absents, il se donnait du mal pour plaire aux miens.

— Je t'adore, ai-je chuchoté en me jetant à son cou. Vraiment, Jim, je t'adore.

Il a souri.

— Il faut bien admettre que je suis adorable.

Je me suis dégagée avec douceur.

— Et modeste, en plus. Non, sérieux, merci beaucoup. Tu sais ce que ça représente pour moi.

À la seconde où il a tendu le bouquet à la Mère Supérieure, qui en est restée sans voix, j'ai su qu'on sortirait indemnes de ce déjeuner.

Au début, tout le monde était très mal à l'aise. Ma mère parlait trop vite, d'une voix suraiguë, et elle évitait le regard de Jim. Mon père l'a appelée et ils se sont isolés dans la cuisine pendant quelques minutes, me laissant seule avec Jim qui me lançait des regards horrifiés.

On s'est mis à table et le début du repas s'est passé sans accroc. Maman avait cuisiné pour un régiment et les « Oui, je prendrais bien un peu de légumes » et autres « Quelqu'un veut de la sauce ? » ont réussi à meubler la conversation dans un premier temps.

Malgré l'argenterie, la belle porcelaine et les plats raffinés, le repas a vite tourné à la séance de torture. Le pauvre Jim a subi un interrogatoire en règle : quels étaient ses diplômes ? Avait-il souscrit de gros emprunts pour payer ses études ? Quelle était la profession de son père ? N'aurait-il pas mieux valu qu'il reste avec sa mère pour s'assurer un plus grand confort matériel ?

J'avais beau lui tenir la main sous la table, Jim se tassait de plus en plus sur sa chaise. J'allais intervenir pour dire à ma mère d'aller se faire voir quand Jim a brusquement posé ses couverts avant de déclarer :

— Écoutez, mon père est parti quand j'avais onze ans et ma mère est dépressive. Je n'ai pas eu de vrais parents et, du coup, j'ai du mal à comprendre comment ça marche chez vous.

Pour une fois, ma mère n'a rien trouvé à répondre. Elle a ouvert la bouche puis elle s'est ravisée et a pris une grande gorgée de vin.

J'ai pincé la cuisse de Jim mais il a posé sa main sur la mienne avant de poursuivre :

— Madame Wheeler, je sais que je n'ai pas toujours été gentil avec Edie. J'aimerais revenir en arrière ; je ne peux pas. Vous avez raison de vous méfier, et pourtant je ne lui ferai plus jamais de mal. Je l'aime et je veux la rendre heureuse.

Un silence de plomb s'est installé. J'ai piqué du nez dans mon assiette. Je me sentais un peu patraque.

J'ai levé les yeux vers ma mère qui venait de vider son verre et – j'ai dû y regarder à deux fois pour en avoir le cœur net – j'ai vu une petite larme couler le long de sa joue.

Puis, après avoir repris ses couverts, Jim a attaqué une pomme de terre comme si de rien n'était.

Bien entendu, quand ma mère a commencé à pleurer, je m'y suis mise aussi. Mon père a disparu dans la cuisine avec Jim soi-disant pour remplir le lave-vaisselle.

Dès qu'on s'est retrouvées seules, je me suis tournée vers elle :

— Comment as-tu pu te montrer aussi grossière avec lui ? Tu n'avais pas le droit de lui poser toutes ces questions sur sa famille ! Tu n'as pas idée du mal que tu lui fais !

Ses pleurs ont redoublé. C'était horrible. Les mères ne sont pas censées pleurer. Je ne l'avais vue pleurer qu'une fois, le jour où mon arrière-grand-mère est morte et, malgré ma fureur, je me suis levée pour aller la consoler.

— Maman, arrête de pleurer, s'il te plaît, l'ai-je suppliée en lui tapotant gentiment l'épaule. Dans la seconde qui a suivi, elle m'a prise dans ses bras et m'a fait asseoir sur ses genoux.

— Hé ! Je n'ai plus cinq ans, ai-je bredouillé. Je vais t'écraser.

On s'est installées sur le canapé. J'ai posé ma tête sur ses genoux tandis qu'elle me caressait les cheveux. Puis je me suis lancée dans un grand discours pour lui faire comprendre que j'avais dix-huit ans, que je devais prendre mes décisions seule, qu'il était hors de question que j'aille passer mon année sabbatique auprès de mes grands-parents. Et que la moindre des choses, c'était de se montrer polie avec Jim.

— Tu sais, ma chérie, parfois c'est dur d'être parent, a-t-elle expliqué après que je lui ai fait la leçon. On ne te livre pas le mode d'emploi. Dès l'instant où tu es née, quand tu pesais trois fois rien, je t'ai aimée plus que tout au monde et je me suis juré de te protéger quoi qu'il advienne. Et je n'arrive pas à faire mon deuil de ce sentiment-là, même si maintenant tu as un petit copain et un salaire.

— Je comprends, maman. Mais Jim... il est très important pour moi.

J'ai levé les yeux vers elle, et – ô surprise – elle m'a fait un clin d'œil.

— À ton avis, il l'a répété longtemps, son petit discours ? a-t-elle demandé.

J'ai cru discerner un soupçon de malice dans son sourire mais ce devait être une illusion d'optique.

— N'empêche qu'il a réussi à te tirer des larmes, pas vrai ?

J'ai essayé de me relever. Peine perdue, elle ne voulait plus me lâcher.

— Maintenant que tu es grande et que tu te débrouilles seule, je me sens un peu inutile. J'ai l'impression que tu n'as plus besoin de moi, a-t-elle admis. Ça me fiche un coup de vieux.

Cette fois, c'est moi qui me suis dépêchée de la serrer dans mes bras. Embrasser ma mère, c'est comme rentrer chez moi. Tout est si familier : son contact, ses cheveux qui me frôlent la joue, les effluves de son parfum français, et ce petit quelque chose qui n'appartient qu'à elle.

— J'aurai toujours besoin de toi. Mais pas de la même manière. Je ne supporte pas que tu m'en veuilles et que tu ne me parles plus. J'aimerais vraiment qu'on fasse la paix. Qu'est-ce que tu en dis ?

Ça a suffi à nous réconcilier. Même si je ne suis pas sûre de vouloir rentrer à la maison, je ne peux pas rester éternellement chez Penelope. Je ne pense pas non plus que ma mère nous donnerait sa bénédiction si je m'installais avec Jim.

J'ai suggéré qu'elle améliorerait sensiblement nos relations si elle reconsidérait la possibilité de me laisser dormir avec lui, mais elle a fait la sourde oreille comme seules les mères savent le faire.

Quand Jim et mon père ont réapparu (Jim m'a raconté par la suite qu'il avait dû hocher la tête et arborer un sourire poli pendant que mon père procédait à un exposé détaillé des nombreux problèmes qu'il rencontrait avec le système d'exploitation de son ordinateur), on était en train d'arranger un week-end thalasso mère/fille autour d'un autre verre de vin.

Jim a aidé maman à préparer le café. Il a dû faire preuve d'un charme dévastateur car, pendant le reste de l'après-midi, elle n'a pas arrêté de sourire et de s'exclamer en rougissant : « Oh, Jim ! »

Ouf, le cauchemar est fini !

26 octobre

J'ai décidé de ne plus me prendre la tête avec mes déboires familiaux. Maintenant, c'est l'approche de notre premier concert qui m'inquiète. La semaine dernière, pendant une petite minute, on a réussi à assurer, mais, depuis, malgré les répétitions nocturnes intensives, on est minables de chez minable.

Penelope a décidé de régler le problème en nous hurlant dessus. Et on hurle en retour. Résultat : on est encore plus mauvaises, vu qu'on est trop furieuses les unes contre les autres pour se concentrer.

J'en suis à prier pour qu'un météore s'écrase sur le pub où on doit jouer, histoire qu'ils annulent le concert. Surtout depuis que je me suis disputée à mort avec Penelope, pas plus tard qu'hier : elle m'a dit qu'elle ne m'avait laissée entrer dans le groupe que parce que j'étais bien coiffée. Son petit commentaire m'a un peu déstabilisée. Maintenant, j'ai envie de l'étrangler mais je ne peux pas tant que j'habite chez elle.

30 octobre

J'ai l'impression de ne pas avoir vu Jim depuis des siècles. On répète tous les soirs jusqu'à onze heures. À la maison, Penelope ne me lâche pas d'une semelle : elle m'oblige à répéter de mon côté vu que je n'ai pas encore mémorisé une seule de nos chansons.

— Comment c'est, déjà ?

Je lui pose toujours la même question, c'est comme si on avait court-circuité ma fonction mémoire. Alors elle pousse une exclamation à mi-chemin entre un grognement et un hurlement inhumain avant de s'en aller en claquant la porte. Je n'arrive plus à fermer l'œil, je suis sûre qu'aucune fille n'a jamais vécu une pression pareille.

Demain soir à la même heure, on sera sur scène ! Au moins, je me suis déniché une tenue pour le concert. Je vais faire mes débuts live en uniforme de serveuse américaine rose et noir (ce n'est rien à côté de Penelope qui a décrit sa tenue en ces termes : « reine du bal de promo version trash »).

Oh ! Et on a aussi des noms de scène. Je m'appelle Edie Evil, Penelope a opté pour Reine des Casse-pieds (non, en fait, c'est Miss Pop mais je n'ai pas pu résister), Deborah s'est rebaptisée Dame Deborah Doubidou et Atsuko ne répond plus qu'au nom de Suzie Samouraï.

Euh, je crois que je suis un peu excitée...

31 octobre

Je suis une déesse de la guitare ! Je vais faire imprimer des cartes de visite à mon nom.

On a été géniales ! Personne n'a remarqué qu'on avait fait quelques fausses notes ni que Deborah avait renversé une pinte de bière sur mes fringues dans le feu de l'action, tandis qu'on sautait dans tous les sens et qu'on chantait à tue-tête en prenant un accent américain ridicule. Penelope a été... elle a été renversante. Elle nous a portées jusqu'à la fin. À la regarder bouger et chanter, j'avais envie d'être elle.

On est juste le groupe qui l'accompagne : c'est le Penelope Show. Mais elle y met tant de passion qu'en la voyant rayonner sur scène, j'ai compris pourquoi elle nous avait si souvent reproché de ne pas prendre le groupe au sérieux. Je sais que, dans cinq ans, je serai interviewée par une équipe de MTV à l'occasion d'une émission consacrée à Penelope et je ne lui en voudrai pas d'être devenue une célébrité cool et adulée, parce qu'elle m'aura permis de faire partie du voyage. Je ne suis pas certaine qu'elle se montrera aussi magnanime.

— Je vous présente Edie Evil. D'accord, ce n'est pas une très bonne guitariste, mais n'est-elle pas mignonne ? a-t-elle expliqué au public.

Après le concert, j'ai retrouvé Jim qui m'attendait. J'étais si extatique que je me suis jetée sur lui pour l'embrasser.

— Je vais devoir me dégotter un tee-shirt avec le slogan : « Fan du groupe », a-t-il annoncé, une fois qu'on a rejoint les autres au bar.

— Mmm, il faut absolument qu'on imprime nos tee-shirts, a décrété Penelope qui semblait sur le point d'imploser. Ou alors des parapluies. Ou des barrettes. C'est vrai, quoi, les tee-shirts, c'est nul.

C'était très bizarre : des étrangers venaient nous demander quand avait lieu notre prochain concert et si on avait sorti un CD. J'avais l'impression d'être à côté de mes pompes mais c'était plutôt agréable. Le bras de Jim m'entourait la taille, je voyais Penelope étreindre Grace, Atsuko et Deborah faire de l'œil à une bande de types, Alice et Paul nous saluer de l'autre côté de la salle, et je me sentais chez moi. Je faisais partie d'une nouvelle famille.

2 novembre

Aujourd'hui j'ai rencontré le fameux nouveau colocataire. Il s'appelle Jessie et je comprends mieux pourquoi mes copines se liquéfient lorsqu'on aborde le sujet.

On dirait le résultat d'une expérience de clonage où l'on aurait fusionné Jude Law et Kurt Cobain. Il a des cheveux blonds peroxydés coiffés en pétard, des yeux bleus de la couleur de la veste en jean usée de Jim, un joli petit nez piqué de quelques taches de rousseur et, pour pimenter le tout, un sourire moqueur et le sens de l'humour qui va avec. Si mon cœur n'était pas déjà pris, je serais raide dingue de lui.

Je suis donc entrée dans le salon comme une tornade, j'ai lancé à la tête de Jim le sachet de chips au vinaigre qu'il m'avait demandé d'apporter et je suis tombée en arrêt, bouche bée, devant Jessie vautré sur le canapé.

— Je te présente Edie, la poulette de Jim, a lancé Simon en entrant à ma suite. Je te conseille d'apprendre à l'apprécier, vu qu'elle habite quasiment ici. Fais gaffe, Edie, tu baves.

La remarque de Simon m'a ramenée aussi sec à la réalité. Je l'ai foudroyé du regard.

— Je ne suis pas la poulette de Jim, merci bien.

— Poulette, moitié, bobonne, meuf, quel que soit ton nom, je suis ravi de te rencontrer, a enchaîné Jessie avec un accent irlandais ensorcelant.

Je crois que j'ai laissé échapper un petit couinement admiratif. Jim m'a lancé un coup d'œil exaspéré qui m'a fait culpabiliser aussitôt.

— Je t'ai acheté des chips, ai-je annoncé pour lui rappeler à quel point j'étais dévouée.

Il n'a pas eu l'air très impressionné.

— Ma copine Penelope a un faible pour toi, ai-je poursuivi à l'intention de Jessie, histoire de meubler la conversation et de calmer Jim.

Jessie s'est redressé.

— Elle est mignonne ?

— Super-mignonne et très cool. C'est la chanteuse guitariste de notre groupe, Mellowstar. Il faut que tu la rencontres.

— J'adore les rockeuses, a déclaré Jessie, aux anges.

Puis il a pris une gorgée de Coca avant de laisser échapper un rot monstrueux. Et je me suis dit que, d'accord, il était beau comme un dieu mais qu'il se conduisait comme un porc. Jim était bien plus séduisant que lui. Je me suis lovée sur les genoux de mon amoureux et j'ai déposé un gros bisou baveux sur sa joue malgré les commentaires grossiers des autres devant cet étalage d'affection.

5 novembre

Jim est très absorbé par son œuvre. Sa première grande expo organisée par l'université a lieu bientôt et il est plus intéressé par sa sculpture interactive de la famille Pierrafeu (pas de questions, s'il vous plaît) que par toute interaction avec moi. J'ai dû aller à la fête d'Atsuko avec Nicolas parce que monsieur était trop occupé à modeler un énorme vase en papier mâché.

À part ça, son appart est devenu le rendez-vous préféré de mes copines qui espèrent tomber sur Jessie en sous-vêtements. Cela m'est arrivé et, franchement, miam-miam. Mais bien que je lui reconnaisse des atouts physiques indéniables, rien ne se compare à Jim quand il me tient la main pendant qu'on attend le bus ou quand son visage s'éclaire dès qu'il m'aperçoit.

J'ai même surpris Alice en train de se rincer l'œil ce matin. Arrivée avec Paul, elle l'a envoyé acheter du lait à l'épicerie du coin et, pendant ce temps, elle est restée à baver sur Jessie qui déambulait torse nu dans la cuisine.

Une des particularités de Jessie, c'est son exubérance : il me fait penser à un chiot surexcité. Les garçons n'arrivent même pas à lui en vouloir, bien que toutes les filles lui fassent les yeux doux. La plupart du temps, Jessie ne s'en aperçoit pas (j'en viens à me demander s'il s'est déjà regardé dans un miroir) ou alors il raconte à grand renfort de blagues cochonnes qu'il est en manque de sexe.

Si Penelope apprend que j'ai vendu la mèche à Jessie, on retrouvera mon corps éparpillé à travers la ville.

11 novembre

Aujourd'hui c'était très calme, au café. Après la bousculade du déjeuner, l'endroit était désert. Avec Penelope, on était en train de réapprovisionner les tables en ketchup tout en surveillant du coin de l'œil une bande d'ados horribles en survêtement, avec plein de boutons sur la figure, quand Jessie est entré.

— Salut, Edie ! Comment ça va, ma belle ?

Il a fait le tour du comptoir pour m'embrasser sur la joue, sous l'œil médusé de Penelope qui s'est rapidement détournée et a fait semblant de se passionner pour l'ardoise des plats du jour. Elle aurait été convaincante si elle n'avait pas piqué un fard énorme.

— Jessie, je ne t'ai pas présenté Penelope, ma meilleure amie, si ? ai-je demandé de but en blanc. C'est l'une des membres de notre groupe.

Jessie a commencé à jauger Penelope, qui lui tournait toujours le dos. Il s'est approché pour l'observer de près.

— Qu'est-ce que tu regardes ? a aboyé Penelope, à ma grande surprise.

Sa philosophie du flirt se résume à la considération suivante : tous les hommes sont des égoïstes et des bons à rien qu'on s'envoie en cinq sec à condition qu'ils aient payé le dîner avant. Il faut dire qu'elle a vécu une rupture éprouvante avec un type de son précédent groupe avant que je la rencontre.

— Toi, a répondu Jessie d'un ton jovial sans se

laisser démonter par les mauvaises manières de Penelope.

— Edie m'a dit que tu étais mignonne mais...

— Vous avez parlé de moi ?

Ouille ! Elle avait sa voix de serial killer ; j'espérais seulement que Tony l'Italien aurait débarrassé la cuisine de ses couteaux.

— J'ai peut-être mentionné ton nom au passage, ai-je déclaré d'un ton désinvolte.

— Oui, elle a dit que tu avais le béguin pour moi, a poursuivi Jessie en lorgnant ostensiblement ses seins.

— C'est pas vrai, ai-je pleurniché.

— Je vais te massacrer !

— Alors, tu veux sortir avec moi, un de ces soirs ?

Jessie n'avait pas percuté une seconde que je risquais d'être réduite en bouillie.

— Pourquoi je sortirais avec toi, d'abord ?

C'est tout ce que Penelope a trouvé à répondre. Pourtant Jessie la contemplait d'un air pâmé.

— Parce que j'ai un faible pour les petites pestes dans ton genre et que je suis un coup d'enfer, a-t-il répondu après une pause.

Penelope a regardé l'entrejambe de Jessie en levant les sourcils comme pour suggérer qu'elle mettait en doute cette affirmation.

— O.K., tu m'as convaincue, a-t-elle soupiré. Je veux bien t'accorder une heure ou deux. Maintenant, arrête de reluquer mes seins ou je t'en colle une.

— Tu es ma femme idéale, a susurré Jessie. Je vais te traiter comme une princesse.

Pendant une petite seconde, Penelope lui a fait son plus beau sourire et Jessie a dû tomber fou amoureux sur-le-champ. Puis elle a repris une expression renfrognée avant de déclarer :

— Edie étant déjà notre princesse, il va y avoir des problèmes de copyright. Tu ferais mieux de me traiter comme une déesse.

Jessie n'a aucune chance d'en réchapper.

15 novembre

Jim manque toujours à l'appel. Il est venu au café cet après-midi. J'allais faire une pause, histoire qu'on puisse s'embrasser ou discuter un peu, au moins, mais il a dit en m'ébouriffant les cheveux :

— Je ne peux pas rester, je suis juste passé te faire coucou !

Et il a disparu, non sans avoir d'abord englouti un sandwich jambon-fromage.

18 novembre

Penelope a rencard avec Jessie ce soir. Elle semblait beaucoup plus agitée qu'à l'ordinaire : elle a sorti du placard un vêtement après l'autre – robe à paillettes, tee-shirts vintage. Avec Grace, on faisait des commentaires, affalées sur le lit :

— Elle est un peu trop décolletée pour un premier rendez-vous, tu devrais la choisir.

Ou encore :

— Le haut vert signifie « coquine mais timide ». Mets-le si tu veux que Jessie l'enlève !

Elle a fini par nous flanquer à la porte en menaçant de nous démembrer puis de jeter nos dépouilles dans le canal.

Ils ont prévu d'aller voir jouer un groupe de rock dénommé Death Cab For Cutie puis de sortir en boîte si Jessie n'enfreint pas les règles de bonne conduite établies par Penelope pour un premier rendez-vous. Elle a un seuil de tolérance hyperbas en ce qui concerne les garçons. Ou du moins c'est ce qu'elle voudrait nous faire croire.

Après la séance de stylisme-conseil, je suis allée au cinéma avec Grace. Elle soigne sa timidité à la vitesse grand V. En fait, on ne l'arrête plus, un vrai moulin à paroles. Et elle est drôle ! Qui l'aurait cru ?

Le film était super-nul mais elle a passé la plus grande partie de la séance à me murmurer à l'oreille des commentaires sarcastiques. J'ai bien failli m'étouffer avec mon pop-corn.

En sortant du ciné, on est tombées sur un garçon que j'ai dû croiser au magasin de disques. Il est venu vers nous, a ouvert puis fermé la bouche à deux reprises, a marmonné un bonjour puis a trébuché en prenant la fuite.

— Qu'est-ce que c'est que ce type ? ai-je demandé à Grace.

Elle était aussi rouge et troublée que Penelope le jour de sa rencontre avec Jessie. Je lui ai donné un coup de coude.

— Il est plutôt mignon dans le genre débraillé. Ses fringues sont trop grandes pour lui mais on doit pouvoir arranger ça. Où l'as-tu rencontré ?

— Edie ! Arrête ! s'est écriée Grace.

Puis elle a refusé de m'adresser la parole pendant au moins cinq minutes.

Si je réussis à caser à la fois Penelope et Grace le même mois, mon karma amoureux va exploser le plafond. Et peut-être que Jim acceptera de rester dans la même pièce que moi. On ne sait jamais.

30 novembre

Aujourd'hui, je me suis noyée dans une grosse déprime. J'ai calculé que je suis installée chez Penelope depuis presque deux mois : cette situation ne peut pas durer éternellement. Trois possibilités : a) rentrer chez moi et subir l'humeur fluctuante de ma mère ; b) m'installer avec Jim, mon petit ami invisible ; c) investir tout mon salaire dans un loyer.

À propos de Jim, j'étais justement en train d'avoir une énorme dispute avec lui dans ma tête en fermant le café, lorsque je l'ai aperçu sur le seuil.

— Salut, toi.

— Pardon, à qui ai-je l'honneur, déjà ? ai-je répondu en lui tournant le dos pour chercher les clés.

Il s'est glissé derrière moi et m'a prise dans ses bras.

— Je sais, je sais, m'a-t-il chuchoté à l'oreille en me serrant si fort que je ne pouvais pas m'échapper. Je suis un crétin égoïste qui néglige sa super-copine. Je mérite le fouet.

— Il va falloir trouver mieux, ai-je grommelé.

En réalité, j'avais déjà craqué en sentant son corps contre moi.

— J'ai prévu une soirée chocolat/DVD romantiques, a-t-il murmuré. Mais d'abord, je vais passer les prochaines heures à te couvrir de baisers.

Je me suis tournée pour lui faire face. Il m'a interrogée du regard.

— Alors, je suis pardonné ?

— Je vais y réfléchir, ai-je répondu en faisant semblant de bouder (ce qui revient au même que quand je boude vraiment). Il va falloir que tu te traînes à mes pieds. Et que tu m'achètes des tas de cadeaux. Un diadème fera l'affaire, pour commencer.

— Et si je payais ma dette à coup de gentillesses ? a demandé Jim avec un sourire malicieux.

— Non, ai-je déclaré après réflexion. Je préfère les diamants. J'irais m'en procurer maintenant si j'étais toi.

Jim m'a coincée contre le mur en me tenant la tête des deux mains pour que je le regarde bien dans les yeux (qui brillaient d'une lueur coquine). Mes pauvres efforts pour résister à l'envie de lui demander un acompte sur les baisers qu'il m'avait promis n'ont servi à rien.

— Et si tu m'embrassais au lieu de bouder ? Je suis sûr qu'on peut trouver un arrangement, a-t-il susurré avant de se pencher vers moi.

Plus jamais je n'essaierai d'extorquer un diadème à quelqu'un.

9 décembre

Salut, cher petit journal. Je t'ai manqué ? J'ai une bonne raison de ne pas avoir écrit depuis des lustres, en dehors de la routine boulot/répètes/Jim. Je me suis occupée de mon déménagement ! Je ne retourne pas chez les parents, pas question. Je les adore, mais maintenant que j'ai goûté à la liberté, ce serait trop dur de revenir vivre avec une femme qui essaie de boutonner mon manteau chaque fois que je sors.

Je m'installe dans MON chez-moi ! Ou presque. Je vais vivre dans l'appartement au-dessus du café avec Penelope, Alice et Paul. Anna a fichu dehors ses locataires qui ne payaient pas leur loyer et elle nous fait un prix parce qu'on est des anges et qu'elle ne veut pas laisser l'immeuble vide la nuit. Elle a ajouté que c'était le seul moyen de s'assurer que Penelope et moi, on arrive à l'heure au travail. Je ne vois pas de quoi elle parle.

Mes parents ont accueilli la nouvelle avec calme, contrairement à ce que j'avais prévu. Je les soupçonne, à force d'avoir la maison pour eux seuls, d'y avoir pris goût.

Mon père a dû expliquer à ma mère qu'il ne restait plus que quelques mois avant mon départ pour l'université, bref, que me réinstaller à la maison ne servirait qu'à repousser l'échéance fatale et que, de toute façon, elle aurait du chagrin quand je partirais pour de bon.

La bonne nouvelle de l'année, c'est qu'ils me payent mon loyer. Un peu comme s'ils sponsorisaient un projet visant à vérifier que je suis capable de me débrouiller seule.

Avec Jim, on a évoqué l'idée de s'installer ensemble mais on en est vite arrivés à la même conclusion : il me tuerait à force de trouver mes vêtements roulés en boule par terre, pour peu que je ne l'aie pas déjà trucidé un matin où il se serait montré particulièrement bruyant et guilleret.

On a dépassé le stade où on est scotchés l'un à l'autre. Maintenant, chacun a ses propres projets à mener. Du coup, les retrouvailles sont encore plus excitantes. Quand je m'aperçois que j'avais oublié à quel point ses yeux sont verts ou encore qu'il porte une nouvelle chemise, je constate avec bonheur qu'il me reste encore des facettes de sa personnalité à découvrir.

Oh là là, je suis en train de virer gnangnan. Il faut que je me surveille.

17 décembre

Cette dernière semaine, j'ai dû jongler avec le boulot, les répètes et le déménagement. Bref, je n'ai pas eu le temps de noircir des pages. Je crois que Jim est secrètement soulagé qu'on ne soit pas installés ensemble, même si sa brosse à dents voisine avec la mienne en permanence, surtout depuis qu'on a déménagé tout mon barda dans ma petite chambre sous les toits. Il y en avait tellement qu'on a eu du mal à fermer la porte.

Maintenant, c'est le paradis quand il reste dormir : pas de risque que la mère de Penelope ou l'un des garçons fasse irruption dans la pièce alors qu'on est en train de faire des trucs irracontables (comme se vernir les ongles de pied à tour de rôle).

— Tu crois qu'on est devenus un petit couple pépère ? lui ai-je demandé en déballant mon troisième sac de vêtements tandis qu'il suspendait ma guirlande électrique.

En signe de protestation, Jim m'a lancé une paire de chaussettes roulées en boule à la figure.

— Je fais des sculptures alimentaires et tu échafaudes des théories sur les sacs en plastique, la prochaine espèce dominante, a-t-il ironisé. Je ne crois pas que « pépère » soit l'adjectif qui convienne.

— Évidemment, vu sous cet angle... C'est vrai, on a chacun des projets. J'espère juste qu'on ne ressemble pas à Chandler et Monica.

— Non ! On est les anti-Chandler et Monica.

19 décembre

Hier soir, on a joué pour la deuxième fois à l'occasion de la fête de Noël de mon ancien lycée. Ça y est, on a une groupie, un gamin de quinze ans qui a essayé d'embrasser Penelope après lui avoir offert un verre.

— Quand les poules auront des dents, a-t-elle aboyé avant de courir rejoindre Jessie.

Jessie, son nouveau petit ami, sans le savoir, entre dans son trentième jour de probation.

Notre chez-nous ressemble au vieil appart des garçons, vu que Jim, Paul et Jessie y passent le plus clair de leur temps. À une différence près : chez nous, ça sent bon.

À propos du concert, je crois qu'on gère mieux le look (on portait toutes un tee-shirt Barbie et un tutu par-dessus notre jean : euh... oui, c'est particulier, comme style) et les bavardages au micro entre les chansons que les chansons proprement dites. Penelope préférerait sans doute qu'on mette la gomme sur la musique. Dans ce cas, elle devrait penser à s'associer avec de vrais musiciens plutôt qu'avec des amateurs.

En sortant de scène, je discutais avec Grace et Jim quand j'ai aperçu un visage familier.

— Grace ! C'est lui ! Le garçon du cinéma.

Jim a levé les yeux.

— Oh, c'est Jack. Il vient tout le temps au magasin.

Je lui ai donné un coup de coude.

— Appelle-le !

— Edie ! a marmonné Grace. Arrête !

Jim m'a adressé un clin d'œil avant de faire signe à Jack.

— Il s'amène, ai-je précisé à l'intention de Grace.

Mon commentaire était tout à fait inutile mais son air exaspéré m'amusait beaucoup.

Jack s'est avancé en traînant les pieds. Franchement, il est plutôt mignon. Il a un visage fin, de grands yeux marron et une masse de cheveux blonds qu'il est toujours en train de repousser en arrière.

— Euh... salut, Grace, a-t-il dit tout bas.

Grace a répondu par un grognement.

— Moi, c'est Edie, ai-je crié par-dessus la musique. Comment tu connais Grace ?

— On est ensemble en cours d'anglais, a marmonné Jack en lui jetant un regard par en dessous.

Puis il a détourné les yeux comme s'il venait de se faire pincer en flagrant délit de vol à l'étalage. Je l'ai encouragé d'un sourire.

— Je fête Noël et ma pendaison de crémaillère la semaine prochaine. Tu veux venir ?

Jim a secoué la tête avant de faire le geste universel du couperet sur la gorge, mais je l'ai ignoré.

Grace fixait obstinément le mur en face d'elle tandis que Jack la dévorait des yeux.

— Alors ? ai-je insisté.

Jack a reporté son regard sur moi.

— Euh... oui, ce serait cool.

— Je te ferai passer une invitation par Grace, ai-je décrété avant de suivre Jim qui me tirait par la main.

Je n'avais pas d'autre choix : c'était ça ou il m'arrachait le bras.

— Arrête, a-t-il menacé. Ne t'en mêle pas.

Il m'a lancé un regard lourd de sens. Ce n'est pas celui que je préfère : il trahit à la fois la déception et la désapprobation.

— Oh, ne t'énerve pas. Ça ne t'a pas posé problème de l'appeler, ai-je répondu en tripotant mon diadème en toc.

Jim m'a aidée à le remettre en place puis a passé ses doigts dans mes cheveux.

— Laisse Grace s'occuper de ses affaires de cœur, O.K. ?

— C'est ça, et elle finira vieille et seule avec une tripotée de chats.

Jim a levé les bras au ciel.

— J'abandonne. De toute façon, c'est impossible de se disputer avec quelqu'un qui porte un tutu. Ça manque de dignité, je trouve.

23 décembre

Grace ne m'a toujours pas pardonnée, même aujourd'hui, jour de fête. Mais je ne vais pas me laisser démonter pour si peu.

— Il est adorable, lui ai-je dit pendant qu'elle m'aidait à déballer des tonnes de biscuits d'apéritif.

Le reste de la troupe était parti s'approvisionner en alcool. Je n'ai d'ailleurs pas compris pourquoi ils avaient besoin d'être cinq : sans doute une ruse pour me refiler la corvée d'aspirateur.

— Je ne t'écoute pas ! s'est écriée Grace.

— Allez, avoue qu'il te plaît. En tout cas, toi, tu lui plais. Où est le problème ?

— C'est juste... Oh, tu sais... Je n'ai, hum, jamais... embrassé quelqu'un, enfin, un garçon, avant, a bredouillé Grace. Excepté Hugues mais il ne compte pas.

— Tu n'es pas obligée de l'embrasser, ce serait sympa de discuter pour commencer.

Grace a piqué son énième fard et a refusé d'ajouter un mot.

Au fait, pourquoi personne ne m'a prévenue que c'était Noël dans deux jours ? Je vais devoir acheter tous mes cadeaux au supermarché du coin en espérant que mes proches y verront une marque d'humour et non la solution d'une fille qui s'y prend toujours à la dernière minute.

23 décembre (plus tard)

Note perso : recevoir ses amis, c'est nul. J'ai à peine eu le temps de me pomponner entre le ménage et les préparatifs. Et quand j'ai enfin pu accéder à la salle de bains, les autres avaient vidé le ballon d'eau chaude. Si c'est ça l'indépendance, non merci.

J'étais encore sous la douche quand les premiers invités sont arrivés : j'ai dû me réfugier dare-dare dans ma chambre en serrant ma serviette contre moi. J'ai enfilé en quatrième vitesse un jean et le nouveau top vintage en satin qu'Alice m'a prêté puis je me suis maquillée à la hâte. D'habitude, je passe des heures à me préparer pour finalement avoir l'air de sortir du lit. Il y a une énorme différence.

J'avais prévu de faire circuler les saucisses cocktail en boostant l'ambiance à grand renfort de remarques spirituelles et de rires cristallins. En fait, j'ai dû distribuer les boissons et m'assurer que personne ne vomissait sur une surface difficile à nettoyer. Grace et Jack, installés le plus loin possible l'un de l'autre, n'ont pas ouvert la bouche de la soirée. J'avais envie d'en prendre un pour cogner sur l'autre.

J'ai fait un énième crochet par la cuisine pour dénicher des glaçons. J'étais en train d'inspecter le bac à glace dans le freezer quand j'ai senti deux mains se glisser autour de ma taille et une bouche tiède me mordiller le cou.

— Dégage !

Je me suis retournée : c'était Jim.

— Oh, c'est toi, ai-je marmonné. Cette soirée est un désastre : Jack et Grace n'ont pas échangé un mot, Will a vomi par la fenêtre, je n'ai plus de glaçons et...

Jim m'a fait taire en me collant contre le mur pour m'embrasser jusqu'à ce que j'en perde la tête.

— Mais... ?

Il a mis un doigt sur mes lèvres puis il m'a emmenée dans ma chambre en me tirant par la main.

— Mais la fête... ai-je protesté.

— C'est bien toi qui avais peur de devenir plan-plan, non ? a répondu Jim avec un sourire carnassier.

J'adore mon indépendance.

31 décembre

Quelle année bizarre et interminable j'ai passée ! L'an dernier, à la même époque, Jim était encore avec Clotilde. J'étais allée à cette horrible fête chez les garçons au cours de laquelle j'avais réussi à embrasser Jim et Hugues en l'espace d'un quart d'heure.

Après, j'avais vécu des mois de stress. Jim et Hugues m'ont tellement menée en bateau que je peux m'estimer heureuse de ne pas avoir perdu la boule.

Le plus drôle, c'est que j'ai pardonné à Jim. Je lui ai pardonné au point que je ne remets même plus le passé sur la table quand on se dispute. Cette période m'a permis de grandir. Je ne suis plus cette gamine naïve qui s'était entichée d'un garçon. Je ressemble davantage à la fille que j'ai toujours voulu être.

Maintenant, j'ai de super-projets d'avenir. Je sais ce que je veux faire quand je serai adulte (et c'est pour bientôt, à mon avis).

J'attends des nouvelles des universités que j'ai contactées et j'ai plus ou moins pris la décision d'étudier la littérature anglaise et le français, voire de m'installer à Paris pour un an.

Et j'en reviens toujours à Jim parce que je crois qu'on est partis pour faire un bout de chemin ensemble. Je l'aime de tant de façons différentes. D'abord, il me plaît, je lui plais aussi et on continuerait à s'embrasser même si le monde s'écroulait. Mais je l'aime aussi d'un amour profond, comme s'il faisait partie de moi, comme si on respirait au même rythme. Ce que j'essaie maladroitement d'expliquer, c'est que je n'aurais jamais imaginé arriver au terme de cette année avec, à mes côtés, quelqu'un (ne parlons même pas de Jim !) qui compte plus à mes yeux que moi-même.

15 janvier

J'ai l'impression que je m'y suis prise comme un manche pour expliquer ce que je ressens. Jim m'a appelée un peu plus tôt dans la journée et je crois que notre conversation téléphonique rend compte de ce que je n'ai pas su formuler. En tout cas, elle témoigne de notre complicité.

— Bonjour, Anna's Café, j'écoute.
— Salut, toi.
— Salut ! Je croyais que tu consacrais la journée à ton œuvre.
— J'ai la crampe de l'artiste.

— C'est quoi, la crampe de l'artiste ?

— C'est comme la crampe de l'écrivain sauf que ça n'affecte que les artistes. Tu es occupée ou tu as une minute pour discuter ?

— Oh, c'est désert, ici. Ça s'est vidé après le déjeuner. Là, Penelope fait la vaisselle pendant que je remplis les tomates de ketchup.

— Les quoi ?

— Tu sais, ces espèces de tomates en plastique rouge où on met le ketchup.

— Ah, ces trucs-là ! Bon, tu peux me parler, alors ?

— Oui, Anna est chez le grossiste et Tony l'Italien est allé faire un tiercé.

— Je m'ennuie, Edie. Tu ne pourrais pas prendre ton après-midi pour qu'on aille au ciné ?

— Oh ! On pourrait retourner voir *Lost In Translation* ! Euh... non, je ne peux pas partir comme ça.

— Tu n'as qu'à prétendre que tu es malade.

— Anna va monter vérifier. Et là, ça va être ma fête.

— C'est l'inconvénient d'habiter au-dessus de son lieu de travail. Bon, tu veux aller voir *Lost In Translation* après le boulot ? Je passe te chercher.

— Oui, bonne idée, et puis on pourrait sortir manger un morceau après.

— O.K. Allez, maintenant, parle-moi.

— Justement, j'ai un truc à te dire. Mais tu ne vas pas être content.

— Je crains le pire. Tu ne me plaques pas, j'espère ?

— Bien sûr que non, idiot ! C'est juste que... j'ai reçu une lettre de l'université de Londres concernant mon inscription en première année de français : ma demande est acceptée.

— Oh.

— Oui ?

— Je savais que ça finirait par arriver. Je me disais seulement que si j'évitais d'y penser, le problème se réglerait de lui-même.

— Tu sais, je ne commence pas les cours avant septembre et on va passer l'été aux États-Unis, et puis il ne te reste qu'une année à faire ici : tu as parlé de t'inscrire en maîtrise à Londres. En gros, on ne restera séparés qu'un an, et puis j'aurai de longues vacances et on pourra toujours...

— Bon sang, Edie, tu vas finir par faire de l'hyper-ventilation si tu ne reprends pas ton souffle.

— Ne m'en veux pas, Jim.

— Je ne t'en veux pas mais je ne peux pas m'imaginer à quoi ressemblera la vie sans toi à mes côtés.

— Je sais. Je ressens la même chose.

— Bon. Et qu'en pense ta mère ?

— Elle s'inquiète déjà à l'idée que je déménage à Londres et que je travaille comme strip-teaseuse entre deux cours pour payer le loyer. À part ça, elle a l'air assez contente.

— Au moins, je t'aurai pour moi tout seul jusqu'à la fin du mois de septembre.

— Et même après.

— Oui, je sais. Je suis ravi pour toi mais il va me falloir du temps pour m'habituer à ton absence.

— J'ai entendu parler d'une invention fabuleuse qui s'appelle le train. Si tu donnes de l'argent au gentil monsieur, il te laisse monter dedans et il t'emmène jusqu'à Londres.

— Hé, c'est qu'on est spirituelle !

— Et puis, septembre, c'est loin.

— Sûr. D'ici là, je ne vais pas arrêter de t'embrasser, de te câliner et de te faire des trucs censurés pour compenser toutes les fois où on ne sera pas ensemble.

— C'est adorable.

— Mais je suis adorable, voilà pourquoi tu sors avec moi.

— Ah oui, c'est pour ça ! Je me disais bien qu'il y avait une raison. Oh, comment j'ai pu oublier ! Devine qui est venu déjeuner au café ?

— Aucune idée. Randolph, l'homme tronc ?

— Mais non ! Grace et Jack !

— Seuls ? Comme un couple ?

— Ils étaient toute une bande du lycée. Mais ils se sont assis l'un en face de l'autre.

— Est-ce qu'ils ont réussi à articuler une phrase entière et à se regarder dans les yeux ?

— Non, tu les connais, mais ça viendra.

— Ne recommence pas à jouer les entremetteuses. Laisse-les se débrouiller seuls.

— Pff, si je les laisse, ils seront à la retraite avant d'avoir osé se dire bonjour.

— Un peu comme toi. Si je n'avais pas fait le premier pas, on ne serait jamais sortis ensemble.

— N'importe quoi ! Il a fallu que je te harcèle.

— Je me faisais désirer. J'aurais fini par céder.

— Ouais, c'est ça... Heu, Jim ?

— Tu es toujours là, Edie ?

— Anna est rentrée. Faut que j'y aille.

— Je passe te prendre à cinq heures ?

— O.K. À tout à l'heure.

— Oh, j'allais oublier : j'ai prévu plein de câlins au menu de ce soir, alors pense à emporter ton baume à lèvres.

— Salut, Jim.

— Salut, Edie.

Entre Jim et moi, ça marche du tonnerre.

21 janvier

Jim me rend dingue !

22 janvier

Je suis rentrée passer le week-end chez les parents : au moins, là-bas, il y a toujours de la glace dans le freezer, personne ne monopolise la salle de bains et, tandis que j'écris ces lignes, un chat mignon à croquer ronronne sur mes genoux et m'empêche de me concentrer. À part ça, personne pour m'embêter.

29 janvier

Je ne suis pas de ces filles qui n'existent que par et pour leur petit ami. J'ai une vie à moi. Et à ce train, ma vie à moi va me mener tout droit à l'asile.

Penelope, qui compte accéder bientôt aux premières places du hit-parade, me harcèle pour que je travaille les morceaux toute seule. Et je dois aussi me la coltiner au petit déj, quand elle simule l'acte sexuel avec Jessie pendant que j'essaie d'avaler mes corn flakes.

J'ai du boulot par-dessus la tête. Je suis convaincue que toute cette huile de friture obstrue les pores de ma peau. Au moins une fois par jour, je tombe sur un gros crétin joufflu qui essaie de faire de l'humour :

— Un peu de nerf, ma poule, on ne va pas y passer la nuit.

Et, comme je veux mon pourboire, je dois me fendre d'un grand sourire hypocrite qui me fait mal aux commissures des lèvres.

Mes parents me rabâchent des histoires de prêts étudiants et de résidences universitaires. Et si tu pars aux États-Unis cet été, tu risques de te retrouver au beau milieu d'une fusillade, bla-bla-bla...

Grace m'évite parce qu'elle n'a pas le cran d'affronter Jack et son béguin monstrueux pour elle. Même pour abréger les souffrances de ce pauvre garçon.

Et maintenant, Jim boude et râle du matin au soir (et aussi après la tombée de la nuit, pour tout dire) parce que j'ai l'audace de quitter la ville dans sept mois afin d'obtenir un diplôme.

Voilà, j'ai vidé mon sac et je ne me sens pas mieux pour autant.

11 février

Le dimanche, j'ai des réveils difficiles. Voire impossibles. Mais Alice a insisté pour qu'avec Penelope et Grace on se lève à sept heures afin de dénicher des cadeaux de Saint-Valentin originaux. Elle vient juste d'obtenir son permis de conduire et a décidé d'organiser une virée jusqu'à Blackpool dans la Mini Metro de sa mère en roulant à deux à l'heure sur l'autoroute.

On n'a pas échangé un mot dans la voiture parce qu'Alice devait se concentrer sur la route. Je voyais ma vie entière défiler devant mes yeux chaque fois qu'elle freinait brusquement. Puis je me suis fait remonter les bretelles : je tressaillais toutes les deux minutes et ça la déconcentrait. Le voyage a été rude. J'avais les jambes en coton en descendant de la voiture.

— Qu'est-ce que tu vas offrir à Jim ? m'a demandé Alice tandis qu'on traînait parmi les stands installés dans une cour d'école.

J'ai haussé les épaules.

— Un truc kitsch qui l'amusera. Il est dans tous ses états depuis que je lui ai annoncé que je partais étudier à Londres à la rentrée.

— Oui, il passe son temps à soupirer en la regardant avec des yeux de merlan frit, a ajouté Grace. C'est trop mignon.

— Je crois que je préférais quand elle la fermait, ai-je grommelé à l'intention de Penelope qui souriait d'un air condescendant.

— Je vais jeter un coup d'œil aux fringues. J'ai besoin d'une nouvelle tenue de scène, a-t-elle lancé. Allez, Grace, amène-toi.

J'ai acheté un super-cadeau à Jim, et puis des sandwichs à un vendeur ambulant sur le chemin du retour, qui doivent figurer parmi les sept merveilles du monde. À moins qu'il y en ait huit ?

C'est malin ! Je vais devoir me creuser les méninges pendant le reste de la journée.

14 février (avant le petit déj)

Jim a dormi chez moi et je l'ai réveillé avec son cadeau de Saint-Valentin, un réveil orné d'une fille très années cinquante qui fait du houla-hoop. Mais même la figurine en plastique qui houla-hoopait sur l'air de la *Cucaracha* n'a pas réussi à lui arracher un sourire.

Il a poussé un grognement avant d'enfouir la tête sous l'oreiller.

— Jim ! ai-je râlé en lui donnant un coup de coude.

— C'est très mignon, comme cadeau, Edie, mais

chaque matin, quand je me réveillerai, tu seras à Londres et il me fera penser à toi, a-t-il marmonné.

Puis il a sorti de dessous le lit un petit sac en plastique qu'il m'a tendu. Le tout en gardant les yeux fermés. Et c'est moi qui ne suis pas du matin !

Jim avait demandé à un de ses copains artistes de me confectionner une jolie bague en argent avec de petits cœurs en émail rose. Il y avait joint une carte de son cru. Jim me fabrique toujours une carte pour célébrer un événement particulier et je piquerais une crise énorme s'il décidait d'arrêter. Sur celle-ci, il m'avait dessinée avec mon diadème sur lequel il avait collé des brillants. À l'intérieur, il avait écrit : « J'aime Edie comme un gros gamin aime les gâteaux. »

Waouh (répéter autant de fois que nécessaire) !

Je me suis précipitée pour le remercier d'un baiser mais il s'était déjà rendormi.

14 février (après le petit déj)

À vrai dire, la Saint-Valentin, ça a toujours été nul jusqu'à présent. C'est la première fois en trois ans que Jim et moi, on est vraiment ensemble et pas en train de se faire la tête/de souhaiter la mort de l'autre/d'échanger des baisers sans conviction (rayer la mention inutile). Ce soir, on donne un concert. Précision : on joue à l'occasion d'une soirée anti-Saint-Valentin.

Quand j'ai proposé qu'on annule le concert pour que je puisse rester avec Jim, les filles m'ont chambrée sans pitié traitée de bécasse.

14 février (après le concert)

Les neuf dixièmes de notre prestation ont été catastrophiques. Comme il s'agissait d'une soirée anti-Saint-Valentin, on a dû interpréter toutes nos chansons basées sur le thème « les hommes sont nuls ». Le hic, c'est que notre répertoire était plutôt mince. Tandis que j'essayais de me remémorer les accords de *He's A Lover (And He'll Never Be Any Good)*[1], je ne voyais que Jim, assis près de la scène, qui semblait au bord des larmes.

Je n'ai pas pu résister.

À la fin de la chanson, je me suis avancée devant le micro.

— Je sais que c'est censé être une anti-Saint-Valentin, ai-je commencé, en espérant que le bruit de mes genoux qui s'entrechoquaient ne couvrirait pas le son de ma voix. J'adhère au mouvement mais je voudrais dédicacer la chanson suivante au garçon qui fait la tête dans son coin, là-bas. Cette chanson est pour toi, Jim.

J'ai attaqué les premières mesures de *This Girl's In*

1. « C'est mon amoureux (mais il ne vaudra jamais un clou). » *(N.d.T.)*

Love With You[1] version thrash métal, une chanson que j'avais ébauchée dans la semaine avec Penelope. Et j'ai réussi à arracher un sourire à mon amoureux.

Après le concert, on est tous partis en boîte. Jim avait retrouvé la pêche. Une pêche d'enfer. Il prétendait que cette dédicace l'avait mis mal à l'aise mais, d'après son comportement, il bluffait : tout était prétexte à m'emmener dans des coins sombres pour m'embrasser (ses fameux baisers-décharges électriques). Je me souviens vaguement avoir entraîné Penelope et Grace sur la piste de danse. Et soudain, un énorme bouquet de fleurs sur pattes s'est dirigé vers Grace.

C'était Jack qui disparaissait presque derrière le plus gros bouquet de roses que j'aie jamais vu. Si Jim avait eu la même idée, j'aurais pleuré comme une midinette, mais Grace a poussé un petit cri horrifié avant de refuser les fleurs, et Jack a pris ses jambes à son cou.

Penelope a sermonné Grace devant tout le monde en la traitant de « petite idiote égoïste et insensible », et Grace s'est enfuie à son tour. J'aurais dû me montrer un peu plus concernée mais Jim était déchaîné : il me mordillait le cou en m'énumérant dans des termes vagues tout ce qu'il comptait me faire en

1. « Cette fille est amoureuse de toi ». *(N.d.T.)*

rentrant. Et puis Atsuko et Deborah n'arrêtaient pas de pointer leurs pistolets à eau sur nous, alors j'ai complètement oublié Grace et Jack.

Et en sortant de boîte à pas d'heure, devinez qui on a trouvé, assis sur le mur d'en face, en train de se partager un sachet de chips, l'air morose ? Grace et Jack.

19 février

Avec Jim, on vient d'avoir l'explication la plus terrible, la plus violente qu'on ait jamais eue. Enfin, je ne crois pas qu'« explication » soit le mot juste. Une explosion, plutôt, comme quand on jette de l'essence sur un feu. Maintenant tout est rentré dans l'ordre, enfin j'espère.

Entre deux bouderies à cause de mon départ (pas si) imminent à Londres, Jim a trouvé le temps de se procurer toutes les brochures imaginables concernant les vols internes et la location d'une voiture aux États-Unis. J'ai investi les bons-cadeaux que j'avais reçus à Noël dans plusieurs guides de voyage et on a commencé à planifier notre super-road trip.

À vrai dire, on n'a pas beaucoup avancé. On a déjà une idée des endroits qu'on veut visiter mais établir un itinéraire demande de l'organisation, une précision militaire et de la concentration, qualités qui nous font défaut à tous les deux.

— On devrait commencer par New York, ai-je décrété en examinant la carte que j'avais punaisée sur le tableau d'affichage au-dessus de mon bureau.

— Il vaudrait peut-être mieux commencer par Seattle, puis descendre, a objecté Jim en suivant du doigt un tracé imaginaire.

— Il faut procéder rationnellement, ai-je grommelé. Pff ! J'ai l'impression de retourner à l'école.

Je me retenais de jurer (j'ai appris qu'en situation de stress, il est préférable d'éviter les gros mots).

— Et si on dressait une liste des endroits qu'on veut visiter pour élaborer ensuite un itinéraire qui les relie ? La voilà, notre route !

Il commençait à prendre un ton un peu supérieur avec moi. J'ai essayé de l'ignorer, d'autant que ce n'est pas dans ses habitudes.

Je me suis contentée de hausser les épaules.

— Ouais, c'est peut-être une bonne idée. Un peu alambiquée, mais je n'ai rien d'autre à proposer.

On a rédigé notre liste de souhaits :

New York (les deux)
Seattle (Jim)
Portland (Jim)
Las Vegas (les deux)
Palm Springs (Edie)
Hollywood (Edie)
San Francisco (les deux)
Chicago (Jim)

C'est là qu'on a commencé à se disputer, tout ça parce que j'ai eu l'audace de préciser que, pour aller d'un point à l'autre, on allait traverser d'autres villes qu'il faudrait aussi visiter. J'ai peut-être un peu perdu mon sang-froid à un moment donné. Ça se compliquait tellement que j'en avais des maux de tête. Peut-être même que je me suis jetée sur mon lit pour marteler les oreillers de mes poings tandis que Jim me suggérait de grandir un peu. Mais je n'avais pas envie de grandir, et je suis restée à bouder, la tête dans mon oreiller, jusqu'à ce qu'il s'arrête de crier. Puis il s'est assis sur le lit et il m'a ignorée ! Alors que je souffrais ! J'ai boudé pendant encore trois secondes avant de lever la tête au prix d'un gros effort.

— Qu'est-ce que tu fabriques ?

— Je mets de l'ordre dans mon portefeuille en attendant que tu aies fini de régresser. Tu en as encore pour longtemps ?

— Humph, ai-je grogné en m'appuyant contre le dos de Jim, même si ce n'est pas très confortable.

— Désolé, Edie, je ne parle pas le neandertal. Tu veux bien répéter ?

Je lui ai embrassé la nuque en essayant de l'attirer contre moi, mais soudain il était tendu, réticent.

— Fais-moi un câlin.

J'ai jeté un œil par-dessus son épaule pour voir ce qui monopolisait son attention.

— Qu'est-ce que c'est que ça ?

Jim contemplait une petite photo écornée.

— Rien, a-t-il répondu avec un peu trop d'empressement en essayant de la ranger dans son portefeuille.

J'ai été plus rapide que lui. Au moyen d'une prise pas très costaude mais efficace, j'ai réussi à la lui arracher.

— Rends-la-moi ! a crié Jim.

Je me suis levée du lit pour inspecter la photo.

— C'est toi et tes parents, c'est ça ?

Jim s'est jeté sur moi et m'a saisi le bras.

— J'ai dit : rends-la-moi ! a-t-il rugi.

Il ne plaisantait pas : le ton de sa voix était si menaçant que j'ai senti mes cheveux se dresser sur ma tête.

Il m'a pris la photo des mains, l'a glissée dans la poche de son jean et s'est dirigé vers la porte au pas de charge, pendant que je restais là, bouche bée, à me demander ce qui avait bien pu se passer pour qu'il se mette dans un tel état.

J'en étais encore à chercher une explication quand j'ai entendu claquer la porte d'entrée. Soudain j'ai eu le sentiment viscéral qu'un problème important, bizarre et potentiellement sérieux venait de survenir. Je me suis précipitée, pieds nus, jusque dans la rue. Je ne pouvais pas le laisser s'en tirer comme ça. Bien entendu, il fallait qu'il tombe des cordes.

Jim était déjà loin, minuscule silhouette et, même à cette distance, visiblement furax. J'ai couru après lui, le bitume détrempé me brûlait la plante des pieds.

— Jim ! Hé ! Hé !

Dur de courir et de s'époumoner en même temps.

J'avais du mal à reprendre mon souffle, alors je me suis concentrée sur ma course.

Il se trouve que je galope comme un cheval. Qui l'aurait cru ? Jim avait atteint l'arrêt de bus en haut de la rue et vérifiait les horaires quand je l'ai rejoint. Comme je frôlais l'asphyxie, je me suis reposée une minute pendant que Jim m'observait, impassible, les bras croisés.

— Je ne comprends pas ce qui s'est passé, ai-je haleté en repoussant mes cheveux trempés de devant mes yeux. Si je t'ai mis en rogne, j'en suis désolée.

Jim avait la tête de quelqu'un qui vient d'avaler des lames de rasoir. La colère lui dilatait les narines et lui creusait les joues.

— Je sais que, parfois, je vais trop loin, et je te promets de ne pas te poser de questions au sujet de cette photo. Maintenant, est-ce que tu pourrais revenir, s'il te plaît ? Il faut qu'on règle le problème avant que la situation s'envenime et qu'on ne se parle plus et...

— Donne-moi une bonne raison de revenir, a demandé Jim sans grande conviction.

J'ai dû lutter pour ne pas lever les yeux au ciel. Est-ce qu'il avait entendu un seul mot de ce que je venais de lui dire ?

Je l'ai supplié du regard mais ça ne l'a pas vraiment bouleversé. Il a quand même fini par se rapprocher de moi. Il a remonté le col de sa veste et a baissé les yeux vers le bas de son jean trempé. Moi aussi, j'étais trempée et je n'arrivais pas à savoir si c'était le froid ou la douleur qui m'engourdissait les pieds.

J'ai touché le bras de Jim.

— Allez, ce n'est pas la fin du monde, ai-je murmuré. On s'est disputés, point. N'en fais pas un drame sous prétexte que tu es en colère et que tu refuses de m'en expliquer la cause.

— C'est reparti, a répondu Jim avec un sourire sans joie.

J'ai levé les mains en signe d'impuissance.

— Très bien, comme tu voudras. Va-t'en.

Jim était toujours furieux : un chat au poil hérissé de colère, voilà à quoi il me faisait penser. Je tremblais à l'idée de la longue et douloureuse marche qui me séparait de l'appartement.

— À un de ces quatre, alors, ai-je lancé d'un ton désinvolte, comme si je m'en fichais, mais c'était tout le contraire.

Je ne savais pas si on traversait une crise passagère ou s'il venait de me plaquer pour une raison que j'ignorais.

Je me suis levée et, malgré la douleur qui me paralysait, j'ai marché. J'avais les pieds en sang.

Les cinq cents mètres à parcourir pour rentrer chez moi me paraissaient cinq cents kilomètres. J'ai cru sombrer comme le *Titanic* en réalisant que j'avais laissé mes clés dans l'appartement et que je devrais attendre sur le seuil qu'un des autres rentre.

J'avais l'impression qu'on me transperçait la plante des pieds avec des millions de pinces chauffées à blanc, de couteaux effilés et autres objets tranchants. Je me suis mise à pleurer. Mes larmes se confondaient avec la pluie. Je devais ressembler à un rat noyé.

La porte de mon immeuble était en vue mais elle me semblait si loin...

— Bon sang, Edie !

Soit c'était Jim soit je commençais à délirer. Non, c'était bien lui. Il m'a soulevée dans ses bras, ce qui aurait été très romantique (quoique ridicule) si je n'avais pas été gelée, trempée jusqu'aux os et mal en point. Avec le nez qui coulait par-dessus le marché.

— Pose-moi par terre, ai-je pleurniché. Tu vas te faire une hernie.

— Tu es une sacrée enquiquineuse, tu sais, a crié Jim.

J'ai hoché la tête lentement : après tout, il résumait bien la situation. Un peu radouci, il m'a embrassée sur le front.

— Tu peux prendre mes clés dans ma poche ?

J'ai réussi non sans mal à déboutonner la poche de sa veste en jean.

Jim a plié les genoux afin que je puisse atteindre la serrure.

— Maintenant, tu peux me lâcher, lui ai-je dit, une fois à l'intérieur.

Il m'a ignorée et, après avoir pris une grande inspiration, il a entrepris de monter les escaliers. Puis il a ouvert la porte de ma chambre d'un coup d'épaule et m'a déposée sur le lit avant de sortir de la pièce sans prononcer un mot.

Je commençais à croire que Jim était reparti pour de bon quand je l'ai entendu s'activer dans la cuisine.

À son retour, je me suis redressée pour examiner mes pieds sales et ensanglantés.

— N'y touche pas, a-t-il ordonné en posant une bassine remplie d'eau sur le sol. Tu ne ferais qu'aggraver les choses. J'ai mélangé l'eau avec de l'antiseptique.

Je me suis assise au bord du lit et, avec mille précautions, j'ai plongé mes pieds dans l'eau brûlante.

— Ouille, ouille, ouille !

Jim a fouillé parmi les babioles qui encombrent ma table de toilette avant de brandir ma pince à épiler. Je me suis décomposée.

— Oh non !

— Tu as des bouts de gravier enfoncés dans la chair. Il faut les enlever avant que tu chopes une infection.

— Ça m'est égal, ai-je répliqué avec colère en me rappelant que tout était SA faute. Je peux vivre avec une infection.

— C'est ça, a lancé Jim d'un ton calme, comme s'il s'adressait à un enfant attardé. Ensuite ça va gangrener et il va falloir t'amputer des deux pieds. Ne compte pas sur moi pour pousser ta chaise roulante...

Il a agité la pince d'une manière pas très engageante.

J'ai eu mal. Très, très mal. Jim s'est agenouillé devant moi et m'a enlevé un par un les bouts de verre et de gravier pendant que je me mordais les lèvres en agrippant la couette pour ne pas crier. Il me réconfortait comme il pouvait en me racontant... j'ai oublié.

Puis il m'a badigeonné les pieds d'antiseptique, m'a donné deux comprimés d'ibuprofène pour la douleur et m'a mise au lit.

— Ne me laisse pas, ai-je supplié, la voix cassée à force d'avoir pleuré.

Les mots sont restés suspendus dans l'air, quatre mots beaucoup plus désespérés, beaucoup plus lourds de sens qu'il n'y paraissait.

Jim s'est penché pour écarter mes cheveux encore humides de mon visage.

— Je ne vais nulle part. Enfin, juste à la cuisine.

J'ai frotté ma joue contre le dos de sa main. Elle était froide.

— Promis ?

— Promis. Désolé d'avoir fait tout ce cinéma, a-t-il dit avec un sourire piteux.

Je me suis pelotonnée sous les couvertures :

— Je croyais que c'était moi qui faisais du cinéma dans notre couple.

— Il va falloir qu'on établisse un roulement, a-t-il murmuré en se grattant la tête. Je suis trop lunatique, hein ?

— Tu l'as dit.

Il était de retour cinq minutes plus tard avec une tasse de chocolat chaud. Il avait même trouvé des mini-marshmallows qui flottaient à la surface du liquide.

— Miam ! me suis-je exclamée quand il a posé la tasse fumante sur la table de nuit avant de s'asseoir à côté de moi.

Il tenait la photo à la main.

— C'est moi quand j'avais cinq ans, a-t-il expliqué en me la tendant.

J'ai contemplé l'image floue d'un Jim miniature habillé comme un ringard (la photo datait des années quatre-vingt, les gens étaient tous ringards à cette époque).

— Et voici mon père et ma mère.

Ce n'étaient que des visages indistincts qui ne m'évoquaient rien.

J'aurais voulu tout savoir. Pourquoi son père les avait abandonnés, quand il l'avait vu pour la dernière fois, à quoi ressemblait sa mère quand elle souriait, à quelle époque les choses avaient basculé... Mais j'avais compris que je devais aborder le sujet sur la pointe des pieds et que le moment n'était pas venu. J'ai rendu la photo à Jim.

— Tu es très mignon là-dessus, ai-je observé, et il m'a fait un grand sourire plein de gratitude.

24 février

Aujourd'hui, j'ai réussi à porter des talons donc je présume que mes pieds sont officiellement guéris. Hourra ! D'un autre côté, je commençais à m'habituer à ce qu'un Jim rongé par la culpabilité m'obéisse au doigt et à l'œil.

Pendant ma convalescence, le salon est devenu notre antre favori. Même Grace daignait nous honorer de sa présence. À vrai dire, elle nous évite depuis qu'elle s'est rapprochée de Jack, le soir de la Saint-Valentin. Elle doit en avoir ras le bol qu'avec Penelope, on la harcèle pour savoir s'ils en sont au stade conversation/rencard/french kiss.

— Franchement, vous me faites penser à l'Inquisition espagnole, toutes les deux ! a ironisé Jim après nous avoir observées en pleine action.

— On s'inquiète pour elle, c'est normal, a protesté Penelope sans le moindre signe de remords. Tu es au courant que j'ai demandé à Jack de s'occuper de notre matériel ?

— Mais Jim et Jessie s'en occupent déjà, ai-je objecté. Hors de question qu'on le paie, celui-là.

Jim a commencé à s'agiter sur le canapé.

— Je te rappelle que vous ne nous payez pas non plus.

— Il ne manquerait plus que ça ! s'est indignée Penelope. Jack a accepté parce que je lui ai dit que Grace serait là. On ne devrait embaucher que des amoureux transis, ils nous coûtent que dalle !

Jim s'est levé.

— Faut que j'y aille. On se voit samedi vu que, poussé par mon grand cœur d'amoureux transi, je porterai votre matériel, a-t-il lancé avec mauvaise humeur.

Je me suis levée à mon tour pour l'embrasser, mais il a marmonné quelques mots inintelligibles et il est parti.

— Qu'est-ce qui lui prend ?

Je me suis laissée retomber dans le canapé.

— C'est Londres, non ? Il recommence à déprimer.

— Mais il ne s'agit que d'un concert !

— Je veux parler de mon départ définitif dans six mois. Pas étonnant que je fasse de l'urticaire !

J'ai oublié de mentionner l'urticaire. Je suis couverte de plaques rouges. Rien de dramatique, ce n'est pas non plus la varicelle ou une allergie aux vêtements en fibre naturelle. Ma mère y a jeté un coup d'œil quand elle est passée me voir : après m'avoir fait enlever mon pull (parce que mon corps est sa propriété personnelle), elle a diagnostiqué un urticaire nerveux.

— Il n'y a pourtant pas de quoi stresser, a-t-elle déclaré rien que pour m'embêter. Tu ne sais même pas ce que ça signifie, le stress.

Quoi ? Essaie de bosser pendant la bousculade du déjeuner un jour où la friteuse est en panne. Ou d'attendre devant le cinéma un Jim obsédé par sa sculpture, qui a complètement oublié l'heure. Ou de passer en concert à Londres (rien que d'y penser, j'ai envie de vomir).

Bref, j'ai de l'urticaire.

3 mars

On a fait le voyage jusqu'à Londres dans le van du café. Jim conduisait. Jessie s'est installé sur le siège passager, pendant que le reste de la troupe, relégué à l'arrière, était dans un état proche de l'hystérie.

— Et si personne ne vient ou qu'on nous siffle pendant les morceaux lents ? a soufflé Atsuko.

— Et que le responsable se soit planté dans le planning ? a renchéri Deborah.

— Et qu'on ait oublié toutes les notes et toutes les paroles de toutes les chansons, me suis-je lamentée en me grattant frénétiquement la poitrine.

— Primo, arrête de te gratter, Edie, a répliqué Penelope avec colère. Deuzio, on va assurer comme des pros. On ne leur demande pas leur avis, à ces snobinards de Londoniens, et on...

— Jim ! a râlé Atsuko. Monte le son de la radio, on entend toujours Penelope.

Bien entendu, Penelope s'est mise à bouder puissance mille. Jim faisait déjà la tête dans son coin. Grace et Jack se comportaient, euh... comme d'habitude. Atsuko et moi, on était au bord de la crise de nerfs, et Jessie se fichait royalement de tout.

Ô surprise, le concert n'a pas été si pourri. Mais l'ambiance après, par contre...

On a décidé de rester un peu pour voir les autres groupes malgré Jim qui n'arrêtait pas de parler dans sa barbe. Ou alors de grincer des dents. J'ai décidé de le laisser à ses occupations et je suis allée discuter avec le guitariste du groupe de la première partie, qui s'est lancé dans un discours technique assommant sur les pédales de volume. Les garçons, je vous jure ! Soudain j'ai senti quelqu'un me tirer par le bras.

— Jim ! ai-je protesté. Arrête !

J'ai essayé de résister mais Jim, qui avait visiblement décidé de laisser parler l'homme des cavernes en lui, ne voulait rien entendre.

— On s'en va. J'en ai marre et je vais pas rester planté là à regarder des types draguer ma copine, a-t-il aboyé en m'entraînant vers le van tandis que les autres nous suivaient en traînant les pieds.

Jim m'a ignorée pendant tout le trajet jusqu'à Manchester, mais il a dû passer la nuit chez moi parce qu'il avait oublié ses clés. On s'est mis au lit sans se toucher ni même se parler. Je n'ai pas pu m'empêcher de me demander si cette comédie au sujet de Londres n'était pas un prétexte pour me plaquer parce qu'il en avait assez.

Je me suis retournée dans le lit en me grattant le bras.

— Edie, tu es réveillée ? a demandé Jim en se redressant pour allumer la lampe de chevet.

Je me suis frotté les yeux.

— Maintenant, oui.

— Écoute, je suis désolé. Je suis désagréable, lunatique, et tu ne mérites pas ça.

J'ai senti un frisson glacé me parcourir l'échine.

— Tu vas me larguer, c'est ça ? ai-je hoqueté.

Jim s'est assis dans le lit en me fixant avec incrédulité.

— Bien sûr que non ! Viens là.

Il m'a attirée contre lui.

— Je sais bien que je devrais profiter au maximum des quelques mois qui nous restent. Je n'y arrive pas. J'ai l'impression que tu m'échappes déjà.

— Mais non ! Je suis toujours là et même quand je ne serai plus là, je serai toujours là. Attends, ce n'est pas très clair, ce que je te raconte.

Jim s'est esclaffé.

— Je comprends ce que tu veux dire.

— Ces derniers temps, on se dispute sans arrêt.

En m'asseyant, j'ai balancé par mégarde un coup de coude à Jim. Il a laissé échapper une plainte.

— Tu en as marre, c'est ça ?

Il s'est lové contre moi, la tête sur mon ventre.

— Non, je n'en ai jamais marre avec toi. Je voudrais juste qu'on reste éternellement les mêmes. J'aimerais pouvoir arrêter le temps parce que, dès que je regarde devant moi, je vois tous ces changements se profiler.

— Je sais. Mais si on s'aime, on devrait être capables de surmonter cette épreuve, non ? Tu m'aimes toujours, dis ?

— Tu sais bien que oui. Tu sais que je t'aime. Je n'ai jamais aimé personne comme toi. Tu es mon rayon de soleil, a-t-il chuchoté.

Soudain, je me suis sentie toute légère. Comme si j'avais retenu mon souffle pendant trop longtemps et que je pouvais à nouveau respirer. Parfois, Jim sait trouver les mots justes.

— Bon, ben moi aussi je t'aime, ai-je marmonné avec beaucoup moins d'élégance. Même si tu t'es comporté comme un crétin ces derniers jours.

Je l'ai repoussé pour me gratter la cheville.

— Tu arrêteras de gratter ta saleté d'urticaire si je promets de ne plus faire l'idiot ?

— Je ne sais pas, ai-je répondu en faisant la moue. Ça me démange trop.

— Je pourrais peut-être te filer un coup de main ? a suggéré Jim.

J'ai poussé un cri et fait mine de m'éloigner le plus possible de lui mais il s'est jeté sur moi.

Je crois qu'on va y arriver, tous les deux.

15 mars

Grande nouvelle ! Je vais rencontrer des copains artistes de Jim qui viennent de débarquer des USA dans le cadre d'un échange universitaire.

18 mars

Cool ! Au lieu de nous serrer la ceinture pour amasser de quoi louer une voiture pour nos vacances et dépenser des fortunes à chaque kilomètre parcouru, on en a dégotté une pour rien ! Zéro centime ! Nada ! Nothing !

C'est un peu compliqué : un des Américains, Lewis, a une petite sœur qui entre à l'université de Seattle cet automne, et il cherche quelqu'un pour convoyer la voiture de leur autre frère de New York à Los Angeles, où vit leur famille. Et les convoyeurs, ce sera nous.

Jim a dû faxer son permis de conduire et son passeport à leur père. Les garçons ont proposé à Lewis de squatter le canapé du salon pendant une semaine, ce qui joue en notre faveur. Et puis cet arrangement nous simplifie la vie. Maintenant, c'est réglé : on commence par New York et on finit par Los Angeles. Il n'y a plus que l'itinéraire qui pose problème.

23 mars

Aujourd'hui, Jim et moi avons déjeuné chez les parents. Ça devient une habitude. Je crois que ma mère a un faible pour Jim mais, berk ! je préfère ne pas y penser. Elle lui demande de l'appeler par son prénom et tout.

On a emporté nos guides et notre ébauche d'itinéraire afin que mon père puisse y jeter un coup d'œil. Très mauvaise idée.

Quand je lui ai annoncé qu'on empruntait une voiture, il a fait la grimace et s'est exclamé : « Oh, mon Dieu ! »

Et quand je lui ai expliqué que j'avais revu dix fois les détails de notre itinéraire, il a remis sur la table un sujet épineux : mon D en géographie qui remonte au GCSE[1], avant de répéter « Oh mon Dieu ! ». Mais, faute de connaissances supérieures aux miennes, il ne pouvait pas ajouter grand-chose. Comme je suis une fille respectueuse, je l'ai laissé convertir, aidé de Jim, les miles en kilomètres et inversement. Avec ma mère, on s'est installées sur le canapé pour regarder *West Side Story* : c'est bien connu, pendant que les hommes ont des activités sérieuses (genre étudier des cartes), les femmes, elles, regardent des comédies musicales et pleurnichent devant les scènes dramatiques.

Papa et Jim ont fini par ébaucher un nouvel itinéraire, qui, apparemment, est beaucoup plus logique et respectueux du timing que le premier. Si ça leur fait plaisir !

Ma mère a suggéré que j'emporte une carte de crédit pour les urgences mais elle a dû le regretter quand j'ai poussé un cri de joie !

— Est-ce que je peux avoir une carte Gold ? Oh, ou une carte Platinum ? Avec mon nom dessus ? Combien j'aurai de crédit ?

— J'ai dit peut-être.

Son visage avait pâli.

— C'est le cri de joie qui t'a fait changer d'avis ? ai-je demandé.

En guise de réponse, elle s'est contentée de me tapoter la main.

---

1. Équivalent du brevet en Grande-Bretagne. (*N.d.T.*)

3 avril

Avec Jim, on se cherchait une nouvelle activité pour mettre du piment dans nos vies et on l'a trouvée. Le club de loto ! Verres pas chers, gros feutres marqueurs, plus la possibilité de gagner un peu d'argent. Et puis on est les joueurs les plus jeunes, les plus beaux et les plus sexy depuis près de cinquante ans. Qu'est-ce qu'une fille peut espérer de plus ?

On n'a avoué à personne notre honteux secret qui consiste à se rendre une fois par semaine dans une salle remplie de mamies en veste de velours.

On sortait justement de la Mecque du jeu avec l'intention de s'offrir un repas chinois grâce à nos gains quand, devinez sur qui on est tombés, Jack et Grace.

— Qu'est-ce que vous faites ici ? a demandé Grace.

— Oh, Edie avait envie d'aller aux toilettes, donc on est entrés dans la salle de loto, a lancé Jim d'un ton désinvolte.

Jim est un menteur éhonté. C'est une des qualités que je préfère chez lui.

— Et vous, qu'est-ce que vous faites ici, ENSEMBLE ? ai-je enchaîné. Dans cet endroit désert où aucun d'entre nous ne va jamais.

— On s'est rencontrés par hasard...

— Un mec du lycée organise une fête.

— Vous voulez une minute pour accorder vos histoires ? ai-je ironisé.

Jim a eu pitié d'eux et m'a entraînée par la main. À l'évidence, Grace et Jack n'avaient aucune intention de lâcher le morceau.

— Arrête de les harceler, m'a dit Jim tandis qu'on piochait à tour de rôle dans notre riz sauté au canard et aux épices.

J'ai fait la moue.

— Je ne les harcèle pas. Je veux seulement qu'ils admettent leur penchant l'un pour l'autre et, je ne sais pas, qu'ils commencent à flirter.

Jim a levé les yeux au ciel avant de répliquer que ce n'était jamais une bonne idée de se mêler des affaires des autres.

10 avril

Je crois que Grace et Jack m'évitent. Au magasin de musique où j'achetais de nouvelles cordes, je suis tombée sur Jack en train d'admirer des guitares hors de prix. En me voyant, il a essayé de se cacher derrière une pile d'enceintes.

— C'est bon, Jim m'a fait la leçon. Je ne vais même pas mentionner son prénom, l'ai-je rassuré.

Bien que je n'aie pas prononcé le prénom qui tue, Jack a paru se liquéfier. Puis il m'a proposé d'aller boire un café.

Il lui a fallu deux heures et cinq cappuccinos pour m'avouer que Grace lui plaisait mais qu'il n'était pas certain que ce soit réciproque. Il m'a fallu trente secondes pour analyser le problème.

— Un peu d'audace ! Arrête de marcher sur des œufs, dis-lui. Avec Jim, on a passé deux ans à tourner autour du pot.

Eh oui, c'est très facile de s'improviser expert en relations amoureuses quand on a traversé le même genre d'épreuves.

Plus tard dans la journée, avec Jim, on profitait de l'absence d'Alice et de Penelope pour faire des bêtises sur le canapé, lorsque la sonnette d'entrée a retenti. On a continué à s'embrasser avec fougue en arrachant à moitié nos vêtements mais les coups de sonnette ont repris de plus belle. C'était Grace.

— Je n'y comprends rien, a-t-elle marmonné en s'installant entre nous deux.

On a dû l'écouter d'un air concerné pendant qu'elle n'en finissait pas de se lamenter au sujet de Jack qui ne s'intéressait pas à elle. J'étais sur le point de me défenestrer quand Jim lui a proposé de venir dîner un de ces soirs.

— Pas question que je me coltine encore une fois la même rengaine, ai-je grommelé quand on a enfin réussi à se débarrasser d'elle.

Jim a levé un sourcil.

— Voyons, Edie, fais-moi confiance, a-t-il répondu en feignant l'indignation. On invite aussi Jack, on leur remplit l'estomac, puis on baisse les lumières et on s'éclipse. Ça ne peut pas louper.

Et après, c'est moi qui me mêle des affaires des autres...

17 avril

Le plan imparable de Jim sous-entendait que je me chargeais de la cuisine. J'ai donc opté pour une valeur sûre.

Le menu purée/poisson pané n'était peut-être pas digne d'un grand chef, mais, au moins, tout le monde a bien rigolé. Grace et Jack avaient l'air ravi. Pourtant, ils ne s'adressaient pas la parole. Je ne comprenais pas comment ils arrivaient à se fixer des rendez-vous secrets devant les salles de loto sans se parler ni se regarder dans les yeux. Bizarre, bizarre. Jim trouvait leur attitude étrange, lui aussi : il les dévisageait comme s'il avait affaire à une exposition d'art contemporain particulièrement déconcertante. Jusqu'à ce que je lui donne un coup de pied sous la table. Il était temps de passer à la phase B de notre plan.

— C'est l'heure du Twister ! ai-je décrété une fois que tout le monde a eu terminé son délice à la fraise.

Jim a poussé un grognement et je lui ai lancé un regard suggérant qu'il n'y aurait pas de câlin qui tienne s'il ne se montrait pas plus coopératif.

— Génial ! Un Twister ! Mon bonheur est complet ! s'est-il exclamé avec un manque d'enthousiasme flagrant. Je commence avec Edie.

Grace et Jack se sont ligués pour prendre le contrôle du jeu. Ils étaient si bruyants, si drôles et si mignons ensemble que si je ne m'étais pas gavée auparavant de poisson pané et de délice à la fraise, je les aurais mangés tout crus.

À la minute où ils ont dû se contorsionner sur le tapis de jeu, les choses se sont corsées. Grace était pliée en deux, une jambe en l'air, et Jack se tenait au-dessus d'elle, quand Jim a fait tourner la roue puis a ordonné à Jack de déplacer sa jambe gauche sur le rond bleu. Jack a alors perdu l'équilibre et s'est étalé... sur Grace.

Aïe... Ils sont restés immobiles pendant une seconde histoire de reprendre leur souffle, puis Grace, furieuse, s'est mise à marteler le dos de Jack avec ses poings.

— Pousse-toi de là, a-t-elle crié.

Jack s'est relevé et a pris la porte avant que j'aie eu le temps de ciller. Quant à Grace, elle est allée s'enfermer à double tour dans la salle de bains.

Quelle poisse.

Je renonce à jouer les entremetteuses. Quand je pense au mal que je me suis donné à cuisiner !

25 avril

Jim a été invité à présenter ses œuvres dans le cadre d'une exposition consacrée aux jeunes artistes. C'est une sacrée nouvelle. Apparemment, il est le premier étudiant non diplômé à être sollicité. Je suis si fière de lui.

Pour son expo, il a décidé de me photographier ainsi que Penelope. Dans mon idée, ça sous-entendait qu'on devait se tartiner de maquillage et porter nos plus belles robes à froufrous. En fait, Jim passe son temps à nous mitrailler au réveil, ou il nous pousse à faire des trucs suicidaires comme descendre une pente raide à vélo par jour de grand vent tandis qu'il nous attend en bas, cramponné à son appareil.

Il faut croire que ça lui fait plaisir, à cette espèce d'allumé.

7 mai

Jim est passé quand on répétait et, au lieu d'installer les amplis ou de se rendre utile d'une quelconque manière, il a passé une demi-heure à essayer de prendre en photo ma main ou encore l'autocollant « Je suis une princesse » qui orne ma guitare. Résultat : j'ai raté tous mes accords.

— Tu peux bouger la main un peu plus vite ? m'a-t-il crié pendant que j'essayais de jouer le pont assez difficile (terme de musicos qui désigne l'enchaînement entre le couplet et le refrain) de *The Girl On The Bridge*.

— Arrête !

— Oh, refais ça ! s'est exclamé Jim en réglant son objectif.

— Super, le regard assassin.

— Penelope !

— Évite de la déconcentrer, idiot. Surtout qu'il ne lui en faut pas beaucoup.

Penelope a passé un bras protecteur autour de mon épaule et lui a lancé son fameux regard qui tue tandis que je souriais d'un air supérieur. Jim ne s'est pas découragé pour autant et a continué à nous mitrailler à reculons.

— Oh, excellent. Ça fait très gang de filles.

Penelope a commencé à voir rouge. Elle a agrippé Jim par le col de sa fameuse poigne de fer (tout ce que je sais, c'est que ça fait mal) et l'a escorté jusqu'à la sortie. J'ai entendu Deborah chuchoter à l'oreille d'Atsuko :

— Jim est devenu un gros crétin obsédé par son œuvre.

21 mai

Jim dort pratiquement dans sa chambre noire. Il ne refait surface que pour se réchauffer des en-cas au micro-ondes. Chouette, j'ai du temps pour moi. Aujourd'hui, je me suis levée très, très tard, j'ai enfilé un jean et un top dos nu (c'est presque l'été) puis j'ai rejoint Penelope au cinéma pour voir deux films de Jack Black à la suite. Quel pied d'avoir le seau de pop-corn pour moi toute seule (Penelope n'aime pas quand elle a des trucs coincés entre les dents) et de ne pas sentir Jim sursauter pendant les scènes de combat ! Mais j'aime bien aussi quand il me tient la main ou qu'il déplie ses longues jambes et se fait enguirlander par la personne assise devant lui.

Quand on est ressorties au grand jour en clignant des yeux, Penelope s'est excusée de me laisser en plan :

— Jessie a perdu un pari hier soir. Je l'ai condamné à être mon esclave pendant les prochaines vingt-quatre heures, m'a-t-elle expliqué le plus sérieusement du monde.

— Demande-lui de nettoyer la cuisine et... oh ! de récupérer ma barrette derrière le frigo, ai-je suggéré en fouillant mon sac pour rallumer mon portable.

Penelope m'a fait un sourire plein de sous-entendus. Le genre interdit aux moins de dix-huit ans.

— J'ai d'autres projets pour lui, qui n'incluent pas le frigo. Ou, à la rigueur, son contenu.

— Pff ! Égoïste ! Rassure-moi, vous allez chez lui ? Je n'ai pas envie de vous surprendre et d'en faire des cauchemars pendant huit jours.

Penelope s'est contentée de rire, puis elle m'a embrassée sur la joue et s'est éclipsée. J'avais cinq messages de Grace me demandant de la rappeler.

— Quoi de neuf ?

— Oh, plein de choses, a-t-elle soupiré. On peut se retrouver chez toi ? Si Penelope n'est pas là...

— Elle est partie chez Jessie. D'accord, viens. Tu peux faire un crochet par le KFC ?

21 mai (peu après minuit)

Grace s'est affalée sur le lit de Penelope, épuisée par les tourments amoureux qu'elle s'inflige. Elle est très perturbée au sujet de Jack parce qu'elle n'a jamais eu de petit copain et que le perfide baiser de mon ex, Hugues, l'a traumatisée.

— Jack ne va pas attendre éternellement, a-t-elle dit entre deux sanglots. Et moi, je suis morte de peur.

— C'est un garçon adorable, ai-je protesté. Il ne te forcera jamais la main.

— Je n'ai aucune conversation. Je suis ennuyeuse. Je voudrais être comme toi ou comme Penelope, a repris Grace en reniflant.

J'espérais seulement qu'elle n'était pas en train de mettre de la morve sur l'oreiller de Penelope, parce qu'alors, elle aurait une vraie raison de pleurer.

— Mais non, tu n'es pas ennuyeuse ! Arrête de te comparer aux autres. Quand je suis arrivée à Manchester, j'étais d'une timidité maladive. Chaque fois que Jim me regardait, je rougissais de la tête aux pieds.

Grace a ébauché un sourire.

— Ah bon. Parce que maintenant tu le mènes à la baguette.

— Oui et non. À Brighton, tous les samedis soir, quand je sortais, je finissais par embrasser le fort en maths de service, un type qui ne quittait jamais son cartable. C'était le seul qui ne me surnommait pas « la mauviette ».

— En fait, ce que tu essaies de m'expliquer...

— Ce que j'essaie de t'expliquer, c'est que tu vas changer, toi aussi, Grace. Jack, lui, voit celle que tu es vraiment, et c'est pour ça que tu lui plais.

On a soupiré de concert. Un grand moment de solidarité féminine. C'était très émouvant.

26 mai

Jim a disparu de la surface de la terre. C'est officiel. Quelqu'un qui a la même voix que lui condescend parfois à répondre au téléphone pour disserter sur le développement de ses photos. Note perso : artistes = dégénérés. Mon nouveau statut de veuve a ses avantages : samedi soir, je suis sortie avec mes copines. On a improvisé une partie de foot en plein milieu de la route à deux heures du matin. Il faut dire qu'on n'était pas dans notre état normal.

29 mai

Bizarre, bizarre. Je viens de revoir Grace pour la première fois depuis notre grande discussion et je l'ai trouvée très calme, limite zen.

— Comment ça se passe avec Jack ? lui ai-je demandé, m'attendant à une nouvelle tirade entrecoupée de sanglots.

Elle a souri, l'air serein, avant de déclarer que tout était sous contrôle.

Sous contrôle ? Eh bien, j'imagine que je n'ai plus de souci à me faire.

5 juin

J'ai dû organiser les vacances toute seule, vu que Jim est sentimentalement et géographiquement indisponible. Par chance, Alice m'a donné un coup de main, et elle a beaucoup de sens pratique. Et puis mon père a appelé celui de Lewis : ils se sont parlé d'homme à homme et tout est réglé !

J'ai apporté un en-cas à Jim et je suis restée le temps de le lui donner. Il m'a fichue à la porte aussi sec.

— Je t'aime, a-t-il marmonné, la bouche pleine de sandwich au fromage. Mais c'est une surprise. Alors maintenant, file.

Le romantisme n'est pas mort.

11 juin

Je trouve Grace de plus en plus bizarre. Maintenant qu'elle ne parle plus de Jack à tort et à travers, elle est carrément injoignable. Chaque fois que Penelope ou moi, on essaie de l'appeler, elle est sur Internet. En guise de conversation intelligible, on a droit à des grognements. Exemple, aujourd'hui :

Moi : « Grace, tu as toujours mon pantalon bleu ciel ? »

Grace : « Mmm... ouais. »

Moi : « Dis donc, tu m'écoutes ? »

Grace : « Ouais. »

Moi : « Tu es sur Internet, c'est ça ? Pour changer. »

Grace : « Quoi ? Non, je t'écoute. »

Moi : « Je t'entends taper sur le clavier. Qu'est-ce que tu fabriques ? Soit tu papotes sur un forum soit tu regardes des photos d'Orlando Bloom. »

Grace : « Mais non. Je t'écoute. Qu'est-ce que tu disais au sujet d'Orlando Bloom ? »

Aaaaargh ! (C'est moi qui hurle au moyen du langage écrit.)

15 juin

Jim ne vaut guère mieux. Il a fini par sortir de sa tanière, mais maintenant il passe sa vie à la galerie où a lieu l'exposition. Et il refuse de m'en donner l'adresse. C'est comme si je n'existais pas.

23 juin

Prière d'oublier mes récentes déclarations au sujet de Grace et de Jim. C'est de la gnognotte à côté de la dispute que je viens d'avoir avec Penelope. Ce soir, à la répétition, elle a annoncé de but en blanc qu'elle avait organisé une tournée pour nous. Ce serait génial si a) elle avait pris la peine de nous demander notre avis ; b) la fameuse tournée n'avait pas lieu en août, période durant laquelle je suis censée faire le tour des États-Unis avec Jim.

— Mais cette tournée est beaucoup plus importante ! s'est exclamée Penelope quand je lui ai rappelé ce détail.

— Tu étais au courant pour l'Amérique. Et puis, qu'est-ce que tu crois ? Que je vais abandonner mes projets d'avenir et m'inscrire à l'université ici pour continuer avec le groupe ?

— Tu n'es qu'une de ces bécasses qui choisissent leur petit ami au détriment de la loyauté envers leurs copines, a poursuivi Penelope en montant d'un ton. Comment j'aurais pu savoir que tu étais sérieuse au sujet de ce fichu road trip ? Je pensais que c'était un de tes projets ridicules qui n'aboutissent jamais.

— Au moins, je ne passe pas ma vie à fantasmer sur la célébrité, ai-je répondu. On s'est bien amusées, Penelope, mais regarde la vérité en face : on est nulles ! On est incapables de jouer plus de trois accords à nous quatre.

Penelope a cherché du soutien du côté d'Atsuko et de Deborah mais la prudence leur dictait de rester en retrait.

— Très bien ! On partira en tournée sans toi, et pour t'épargner la peine de quitter le groupe, je m'en charge moi-même : tu es virée ! De toute façon, tu joues comme un pied.

Je me suis creusé la cervelle pour trouver une repartie sarcastique ou super-blessante mais rien ne venait. Aucune importance puisque Penelope s'était déjà précipitée dehors.

23 juin (plus tard)

— Ça va s'arranger, m'a assuré Jim tandis que je pleurnichais sur son lit. Vous passez votre vie à vous chamailler.

— Cette fois, c'est plus grave. Un vrai drame avec des scènes, des actes et des figurants.

— D'abord, elle n'aurait pas dû prendre seule la décision de partir en tournée pendant un mois en s'imaginant que ce serait une bonne surprise.

— Tu dis ça parce que je suis ta petite amie et que tu es obligé de prendre mon parti, hein ?

Jim a cessé de chercher son crayon 2b préféré pour me rejoindre dans le lit. Il s'est lové contre moi.

— Edie, je t'ai déjà rappelée à l'ordre des dizaines de fois quand tu piquais une crise sans raison, a-t-il protesté en m'embrassant la nuque. Mais Penelope... Elle a décidé que rien ne devait contrecarrer ses plans mégalos. Si je peux accepter que tu aies des projets qui ne cadrent pas avec mes désirs à moi, alors elle aussi.

— Je la déteste ! me suis-je écriée.

Soudain, j'avais à nouveau dix ans.

— Mais non.

— D'accord, je ne la déteste pas mais elle dépasse les bornes, là. Je ne lui adresserai plus la parole tant qu'elle ne m'aura pas fait d'excuses.

Jim sait parfois faire preuve d'une sagesse exemplaire, donc il n'a rien répondu. Il n'a même pas ricané, il a continué à m'embrasser la nuque comme si de rien n'était.

27 juin

Je commence à croire que la mère de Penelope a pris des tas de drogues abrutissantes quand elle était enceinte de ses deux filles. Parce qu'elles sont toutes les deux complètement dingues.

Penelope refuse de m'adresser la parole, voire de rester dans la même pièce que moi. Si je ne suis pas chez Jim ou elle chez Jessie, elle préfère encore battre en retraite quand j'ai le malheur de venir me préparer une tasse de thé dans la cuisine. Il est hors de question que je lui présente des excuses : ce n'est pas ma faute.

Pour une fois.

Quant à Grace... La ligne téléphonique est occupée parce qu'elle passe son temps à bavasser avec Jack sur la messagerie instantanée de son ordinateur. Vu qu'ils ne se sentent pas prêts pour une vraie relation.

En fusionnant Penelope et Grace, on arriverait peut-être à obtenir une personne presque équilibrée.

1ᵉʳ juillet

Pauvre Jim ! Il passe des semaines entières à me prendre en photo avec Penelope pour sa première grande exposition. Il passe encore plus de temps à dégotter un titre, *Edie et Penelope : l'amour est la seule couleur en ce bas monde* (hum, sans commentaires). Et lorsqu'il dévoile sa super-surprise, une des filles manque à l'appel et l'autre (c'est-à-dire moi) essaie de sourire mais doit courir aux toilettes pour essayer de se maîtriser parce qu'elle a les larmes aux yeux.

Quand je suis revenue, Jim était en train de discuter avec l'un des organisateurs de l'exposition, alors je suis allée jeter un coup d'œil aux photos. À mon humble avis, elles racontent toutes la même histoire : une sorte de love story entre moi et Penelope, et puis elles montrent à quel point c'est cool d'être une fille. Jim nous a photographiées en train de nous livrer à nos activités préférées : jouer de la guitare, se maquiller, se refiler nos vêtements, manger une glace. Traîner entre filles, quoi. Et en plus, on est superbes.

Il faut que je règle cette histoire avec Penelope.

6 juillet

Penelope a placardé des annonces dans toute la ville pour trouver une nouvelle guitariste. Elle précise que ma remplaçante « doit être capable de jouer plus de trois accords ».

Ça, pour taper là où ça fait mal, elle s'y connaît mieux que personne.

7 juillet

Avec Jim, on a passé la nuit à établir l'itinéraire final de notre road trip. On commence par New York et on finit par Los Angeles en passant par Chicago, Seattle et San Francisco. On a conclu un arrangement : il conduit, je lis les cartes.

— C'est la première fois que je dépense une somme pareille, ai-je déclaré d'une voix tremblante en sortant de l'agence de voyages.

On venait d'investir plus de mille livres dans les billets d'avion et toutes les assurances possibles et imaginables.

Jim a souri et m'a pris les billets des mains.

— Ne va pas croire que je ne te fais pas confiance mais je préfère les garder.

— On va en Amérique ! me suis-je exclamée en me jetant dans ses bras. Ça y est, on part.

Jim a effleuré mes lèvres d'un baiser.

— Je n'arrive pas à croire qu'on ait réussi à mener ce projet jusqu'au bout. Il faut croire qu'on devient adultes.

9 juillet

Grace est passée aujourd'hui pour m'aider à déménager mes affaires. Alice et Paul ont accepté de les transporter jusqu'à Londres en vue de ma rentrée universitaire. Ma vie consiste à organiser mon avenir dans les moindres détails. Un peu plus, et mon cerveau va exploser.

Je n'étais pas aussi sereine que j'aurais dû l'être. Grace semblait très agitée. Au début, j'ai cru que c'était à cause de Jack. Quand j'ai fini par lui demander ce qui se passait, elle s'est vautrée sur le lit avant de m'annoncer qu'elle voulait tenter sa chance avec Mellowstar.

— Je connais toutes les chansons par cœur et je sais jouer de la guitare mais Penelope ne voudra même pas que j'auditionne. Elle est insupportable en ce moment.

— J'irais bien lui en toucher deux mots mais je doute que ça serve à quelque chose. Par contre, je peux toujours en parler à Deborah et à Atsuko.

Grace s'est redressée d'un bond.

— Quand ?

J'ai soupiré avant de décrocher le téléphone.

— O.K., je m'en occupe tout de suite.

À ma grande surprise, Atsuko et Deborah ont accueilli avec enthousiasme l'idée que Grace intègre le groupe. Leur réaction avait sans doute quelque chose à voir avec la dernière proposition de Penelope : elle avait donné le nom d'une fille dont elles avaient toutes les deux embrassé le petit ami. Elles ont promis de voter contre Penelope dès lors que Grace saurait jouer les chansons.

J'ai décidé de passer le reste de l'après-midi à enseigner à Grace l'art délicat de jouer ces trois mêmes accords qu'on utilise dans chacune de nos chansons, avec des combinaisons différentes.

— Je crois que tu as pigé le truc, ai-je annoncé au bout de cinq heures. Franchement, tu es bien meilleure que moi, et ce n'est pas un mince compliment.

Grace m'a pris la main.

— Oh, Edie, tu vas vraiment me manquer. Tu es la sœur que j'aurais voulu avoir au lieu de ma psychopathe de frangine.

— Penelope est une fille bien, ai-je marmonné. Elle est plus impliquée que le reste du groupe, voilà tout. Et du coup, elle a tendance à parler avant de réfléchir.

— Oui, j'imagine. Bon, il ne me reste plus qu'à trouver une guitare.

J'ai contemplé ma guitare, qui m'avait coûté des mois d'économies et que Jim avait peinte en rose. Je la lui ai tendue.

— Elle est à toi.

Grace m'a regardée, bouche bée.

— Je n'en aurai plus besoin. Les études vont me prendre tout mon temps.

— Mais tu... enfin...

— Allez, prends-la et fiche le camp.

J'ai senti les larmes me monter aux yeux.

— J'ai du rangement qui m'attend.

15 juillet

Mon dernier jour au café. Jamais plus je ne me salirai avec cette maudite friteuse. Et la bande d'ouvriers qui viennent tous les matins prendre leur petit déjeuner n'essaiera plus de m'arracher un sourire. Tony l'Italien ne tirera plus sur mes nattes et Anna ne retiendra plus la vaisselle cassée sur ma paye.

Alors pourquoi suis-je si triste ? Peut-être parce que je ne passerai plus mes journées avec Penelope, même si ces dernières semaines elle n'a pas arrêté de me lancer des regards noirs de derrière la machine à café.

— Est-ce que tu comptes me reparler un jour ? lui ai-je demandé quand elle est venue chercher de la mayonnaise dans la réserve.

J'y avais trouvé refuge parce que les autres étaient en train d'écrire ma carte « surprise » d'adieu.

— Je ne parle pas aux lâcheuses, a-t-elle grommelé.

Puis elle a relevé le menton, signe qu'il est inutile de chercher à la raisonner.

Elle n'a même pas voulu signer la carte.

Et puis je suis revenue chez les parents, aujourd'hui. Je sais que je devrais me réjouir de la grande aventure qui nous attend, Jim et moi, mais il faut aussi que je fasse mon deuil après cette page de ma vie qui se tourne. Il y a mille petits moments qui ont rempli mon quotidien cette année et que, du jour au lendemain, je ne revivrai plus. Le futur est là, à portée de main, et il me file les jetons. C'est comme un grand saut dans l'inconnu : je ne suis pas sûre de pouvoir sauter assez loin.

15 juillet (plus tard)

Ce soir, au pub, on a fêté notre départ tranquillement, sans doute parce que les parents étaient présents. Même Jessie filait doux avec la mère de Penelope dans les parages. Jim et moi, on a passé la soirée assis côte à côte, main dans la main, sans parler si ce n'est pour régler les détails de dernière minute : « Est-ce qu'on doit emporter des médicaments contre le mal de l'air ? » Ou encore : « N'oublie pas d'appeler l'opérateur pour qu'il passe ton portable en international. » Et puis ma mère surveillait le moindre de mes gestes, alors je n'ai pas pu me saouler, ce qui m'aurait pourtant fait le plus grand bien.

En fait, c'était le pot de départ le plus barbant de l'histoire des pots de départ. Jusqu'à ce que Penelope débarque, suivie de Grace qui ne semblait pas au mieux de sa forme.

Je me suis blottie contre Jim :

— Oh là là, le temps se gâte, ai-je gémi.

Penelope parcourait la salle d'un regard furieux. Soudain, elle m'a vue et s'est approchée au pas de charge.

— Qu'est-ce que c'est que ces manigances derrière mon dos ? a-t-elle crié. C'est mon groupe et c'est à moi de décider qui doit en faire partie.

J'ai presque entendu Jim lever les yeux au ciel. Il m'a tapoté la jambe sous la table, comme pour me rassurer, mais ensuite il a fait mine de se passionner pour le contenu de son verre.

Grace se tenait derrière Penelope.

— Désolée, a-t-elle murmuré tandis que Penelope continuait à s'époumoner.

— De toute façon, j'avais l'intention de prendre Grace avec nous.

À d'autres !

— Je suis bien contente que tu t'en ailles : au moins, tu ne viendras plus fourrer ton nez dans mes affaires.

— Penelope, arrête, ai-je répondu tranquillement, dans l'espoir (vain) qu'elle se calmerait. Je ne veux plus me disputer avec toi.

— Tu ne vaux pas un clou, a-t-elle poursuivi. Je n'ai pas besoin de toi, tu m'empêches d'avancer.

Maintenant que je suis dans mon lit, je n'arrive pas à chasser de mon esprit les paroles venimeuses de Penelope.

Road trip !

16 juillet

Il a plu pendant presque tout le trajet jusqu'à Londres.

Jim a réussi à caser nos affaires dans le coffre de la Mini après m'avoir formellement interdit d'emporter plus d'une valise. Il m'a même surveillée pendant que je faisais et défaisais mes bagages.

— Vous êtes sur le point de prendre l'avion. Qui sait si vous en sortirez vivants ? a ironisé Paul, installé sur le siège arrière.

Je me suis dévissé le cou pour lui lancer un regard noir. Alice et lui s'étaient portés volontaires pour ramener la voiture de Jim à Manchester. Grace, qui s'était calée entre eux deux, avait tenu à faire partie du voyage.

— Et dire que j'ai dû me lever à cinq heures du matin, a râlé Alice pour la dixième fois.

J'ai hoché la tête d'un air compatissant.

— Je t'ai entendue, Alice.

Mais on doit enregistrer les bagages à 14 heures et je ne tiens pas à ce qu'on arrive en retard.

— Quelqu'un veut un sandwich ? La Mère Supérieure s'est levée à quatre heures du matin pour les préparer. Elle a même enlevé la croûte.

Paul s'est penché.

— Alors ce serait dommage de ne pas les manger.

Un silence.

— Est-ce qu'on peut faire un arrêt pipi à la prochaine station-service ?

— Non ! Il est déjà onze heures et il nous reste de la route à faire.

— Jim ! Edie veut que je fasse pipi dans ma culotte.

— Edie, Alice va faire pipi dans sa culotte.

— Ce n'est pas ma faute ! J'espère que notre voiture américaine ira plus vite que ta Mini.

— Hé, Jim, Edie, vous savez qu'aux États-Unis, la vitesse est limitée à 90 km/heure ?

— Ouais, c'est ça !

— Je ne plaisante pas.

— Tu es sûr ?

— Oui, c'est ce qui est écrit dans le guide.

— Oh, la poisse !

Un autre silence.

— Alors, combien d'argent vous emportez ?

— Franchement, Paul, c'est très grossier, ce genre de question. Vous n'êtes pas obligés de répondre, vous autres.

— Pas de problème.

— Allez, donnez-nous un chiffre approximatif.

— J'ai économisé près de trois mille livres en salaires et pourboires. Et puis j'ai fait du chantage affectif à certains membres de ma famille.

— Et toi, Jim ?

— Mon père m'a laissé de l'argent en partant. C'est tout ce que tu as besoin de savoir.

— Oh, et mes parents m'ont donné une carte bleue en cas d'urgence.

— Et un dictionnaire pour définir les cas d'urgence.

— La ferme, Jim. Non, ce n'est pas vrai. Une urgence, ça peut être n'importe quoi, d'une panne de voiture à, hum, un raccord couleur chez le coiffeur.

— Tes parents sont fous, Edie. Je fais partie de tes meilleurs amis, pas vrai ?

— Oui ! Ouah... merci, Alice.

— Eh bien, pour rien au monde je ne te confierais une carte de crédit.

Londres

16 juillet (plus tard)

Enfin, après un arrêt pipi et une bonne frayeur quand on a cru que le moteur avait surchauffé, on est arrivés à l'aéroport d'Heathrow. Avec une heure d'avance.

— Je devrais te passer un savon pour l'heure de sommeil que tu m'as fait perdre mais comme tu t'en vas et que ça me rend triste, je m'abstiendrai, a déclaré Alice pendant que Paul et Jim sortaient nos valises du coffre.

— Et si on allait prendre un café avant que vous repreniez la route ? ai-je suggéré. Jim ?

Jim a hoché la tête.

— D'abord on s'occupe de l'enregistrement des bagages, ensuite on ira manger un morceau. Lewis prétend qu'il n'y a pas de sandwichs au bacon en Amérique.

— Qui c'est, ce Lewis ? a demandé Alice en prenant la direction de notre terminal.

— C'est l'Américain qui est en cours avec Jim et

dont le frère nous héberge à New York. C'est lui qui nous prête la voiture. Enfin, je crois... Quoi ?

Alice m'a lancé un de ses célèbres regards « réfléchis, idiote ».

— Vous ne croyez pas que vous auriez dû organiser un peu mieux votre voyage ? a-t-elle déclaré de but en blanc. Votre projet a l'air un peu... comment dire... voué à l'échec.

— N'écoute pas, Edie, a répliqué Jim. Tout est réglé. On a même l'approbation des parents. On conduit la voiture jusqu'à Los Angeles pour la petite sœur qui entre à l'université.

— À Seattle, ai-je ajouté.

— Oh, vos explications sont limpides, a marmonné Alice d'un ton sarcastique.

Comme je suis très intuitive, j'ai compris que Jim voulait rester seul quelques minutes avec Alice, histoire de dire au revoir à sa plus vieille amie avant qu'on s'envole pour l'Amérique. Il m'a lancé un regard plein de gratitude quand j'ai suggéré qu'ils aillent s'occuper ensemble des traveller's cheques, vu qu'ils étaient forts en maths, pendant que Paul et Grace m'aideraient à choisir entre un breakfast à l'anglaise (plein de protéines) et un petit déjeuner classique (plein de féculents).

On s'est installés à une table et j'ai fouillé dans mon sac à dos avant de me tourner vers Grace.

— Hé, la rockeuse. J'ai un cadeau pour toi.

Je lui ai tendu une petite boîte que j'avais recouverte d'autocollants Pucca.

Grace s'est fendue d'un sourire rayonnant.

— Oh, j'adore les cadeaux ! s'est-elle exclamée, l'air surexcité, en soulevant le couvercle de la boîte.

Ses lèvres se sont mises à trembler. Paul a jeté un œil par-dessus son épaule.

— Qu'est-ce que c'est que ces saletés ?

Je lui ai donné une tape sur l'épaule.

— C'est mon médiator porte-bonheur, plus le marqueur porte-bonheur avec lequel j'écrivais nos listes de chansons, plus la barrette Hello Kitty que je portais le soir de notre premier concert, plus...

Grace a fini ma phrase :

— Oh... le bout de tissu porte-bonheur que tu embrasses avant de monter sur scène.

— Un morceau de la robe de Courtney Love, ai-je expliqué à Paul qui a ouvert la bouche pour balancer une remarque cinglante, avant de se raviser.

— Il vaut mieux que je me taise.

— Tu fais bien. À propos, comment va Penelope ? ai-je demandé en repensant à son visage rouge et ulcéré de la veille. Elle est toujours furieuse contre moi ?

Grace a paru mal à l'aise.

— Disons qu'elle a des problèmes d'ordre émotionnel à régler.

— Tu ne réponds pas à ma question, ai-je marmonné après avoir avalé une gorgée du plus mauvais cappuccino qu'il m'ait été donné de boire.

— Elle ne comprend pas pourquoi ça ne t'intéresse pas de jouer les seconds rôles dans son grand projet d'ascension vers la gloire, a répondu Grace avec colère.

Je l'ai dévisagée avec surprise.

— Est-ce qu'elle t'en veut encore d'avoir appris les chansons ?

— Elle a toujours une raison de m'en vouloir. Si c'était moi l'aînée... Quant à Jack... il passe tout son temps avec Jessie, qui a une très mauvaise influence sur lui. Il est devenu super-désinvolte.

Visiblement, un serpent avait fait irruption dans le paradis peu ordinaire que s'étaient créé Jack et Grace. Quand elle s'est lancée dans son monologue habituel, j'ai senti que je n'aurais pas le courage de l'écouter jusqu'au bout.

— Tu n'auras qu'à m'expliquer tout ça par e-mail quand je serai partie. Tu te souviens de mon adresse ? pipelette@hotmail.com. Je vérifierai ma boîte.

— Pipelette ? a demandé Grace en s'esclaffant.

Je lui ai jeté un regard noir.

— Quoi ? Elle est cool, mon adresse.

— C'est toi qui le dis !

Décidément, je préférais Grace quand elle n'osait même pas me saluer.

L'enregistrement des bagages ressemblait à l'idée que je me faisais de l'Inquisition espagnole, mais sans la torture. C'était du genre : « Qui a préparé vos bagages ? » Ou encore : « Est-ce que quelqu'un vous a confié un colis suspect ? » Pff ! Jim, surtout, a subi un interrogatoire en règle. Je savais bien que son jean déchiré, son tee-shirt d'artiste et ses cheveux tailladés aux ciseaux à ongles ne nous vaudraient pas des sièges en première classe.

Dire au revoir à Grace, Alice et Paul n'a pas été une partie de plaisir. Alice alternait paroles affectueuses (on allait lui manquer) et recommandations sévères (gare aux agressions à l'arme à feu et aux additifs dangereux qu'ils mettent dans la nourriture).

On est restés devant le contrôle des passeports à faire nos adieux sans bouger pour autant d'un centimètre jusqu'à ce que Jim attrape son sac d'une main et ma manche de l'autre.

— On y va, a-t-il décrété. Ils vont annoncer notre vol d'une minute à l'autre et Edie s'imagine qu'elle va trouver son bonheur au duty free.

— Alors cette fois-ci, c'est la bonne, a dit Alice en reniflant.

Elle nous a serrés chacun notre tour dans ses bras en manquant nous étouffer puis elle nous a tourné le dos et elle est partie. J'étais sûre qu'elle pleurait, cette grosse nunuche. Grace semblait au bord des larmes, elle aussi. Je l'ai enlacée en respirant son odeur : un mélange de vanille, d'adoucissant pour le linge et de chewing-gum.

— Allez, déguerpis, ai-je marmonné en la repoussant doucement.

Elle a laissé échapper un sanglot puis a rejoint Alice en courant.

Il n'en restait plus qu'un. Paul nous a fait un petit signe avant de suivre les filles.

Partir, ce serait génial sans les adieux.

New York

Je vous épargne les détails du duty free (mais il y avait des promos sur les produits Clinic) et je ne vais pas m'attarder non plus sur l'avion. Disons seulement que Jim et moi, on n'est pas faits pour voyager. Tout allait bien jusqu'à ce qu'ils mettent en marche les réacteurs. Au moment où l'appareil s'est élevé dans les airs, je n'ai pu me raccrocher qu'à ma confiance vacillante dans l'ingénierie aéronautique, et j'ai brusquement regretté d'avoir mangé un sandwich au bacon.

Jim n'en menait pas large non plus. On a passé la plus grande partie du voyage à se cramponner l'un à l'autre en essayant de maintenir l'avion dans les airs par le pouvoir de l'esprit. Sans oublier la menace d'avoir une grosse phlébite si on ne se levait pas toutes les demi-heures pour se dégourdir les jambes.

Je ne suis pas certaine que Colin, le représentant en matières plastiques assis à côté de Jim, ait beaucoup apprécié mes petits commentaires pendant le vol. Surtout lorsque j'ai rappelé à Jim que, du fait de la pression, l'air était aussi sec qu'au Sahara et qu'il nous fallait donc boire un litre d'eau par heure aussi longtemps qu'on restait dans les airs.

Quand l'avion a atterri avec un sursaut gracieux, on était épuisés.

— Tu as le teint grisâtre, a chuchoté Jim tandis qu'on attendait, dans la plus longue file d'attente du monde, d'être contrôlés par le service de l'immigration. Et tu as les cheveux en désordre. À tous les coups, on va fouiller nos bagages.

Raté ! On a pris le petit bus de l'aéroport jusqu'à la station de métro puis la première rame pour Manhattan. À la minute où on s'est assis, Jim s'est endormi, la tête contre mon épaule. Je m'inquiétais parce qu'avec nos valises, on ressemblait à deux touristes tout droit sortis de l'avion (euh, la réalité, quoi).

Mais personne ne nous a prêté la moindre attention. J'ai regardé défiler de drôles de maisons avec des porches et des vérandas tandis que le conducteur annonçait les arrêts – Rockaway Boulevard, Euclid Avenue – et enfin, j'ai pris conscience que j'étais en Amérique ! La patrie de tous les films et programmes télé que j'aime. Le pays où les gens vous souhaitent une bonne journée et ont l'air sincère en le disant. J'étais assise dans une rame de métro avec des New-Yorkais autour de moi. J'avais presque envie d'entonner : « *If I can make it there, I'll make it anywhere*[1]... » J'ai réussi à me retenir.

---

1. « Si je peux réussir ici, j'y arriverai partout... », *New York, New York* : célèbre chanson interprétée par Frank Sinatra. (*N.d.T.*)

J'ai poussé Jim du coude mais il n'a pas bougé d'un cil.

— Hé, Jim, on a réussi, ai-je murmuré en l'embrassant sur le front.

L'immeuble qu'on cherchait se trouvait dans la Sixième Rue, entre la Première et la Deuxième Avenue. Construire une ville selon un système quadrillé, ça semble la logique même, jusqu'à ce qu'on se rende compte que les gens de Manchester, en Angleterre, ignorent où sont l'est, l'ouest, le nord ou le sud. Jim ne m'a été d'aucune utilité, même s'il s'est montré hyperenthousiaste une fois bien réveillé, soit au moment où j'essayais de négocier les marches de la station de métro avec les bagages sous un bras, et lui sous l'autre.

— St Mark's Place ! s'est-il exclamé. Andy Warhol s'est baladé dans cette rue !

Le frère de Lewis et sa petite amie vivent donc dans un immeuble situé dans la Sixième Rue, entre la Première et la Deuxième Avenue. Ils n'étaient pas chez eux mais leur colocataire nous a laissés entrer, bien qu'à contrecœur, dans l'appartement le plus minuscule que j'aie jamais vu. C'était plus petit que ma chambre à la maison.

Ed (le colocataire) a poussé un grognement avant de retourner jouer avec sa XBox. On est restés debout au milieu de la pièce en grande partie occupée par un lit double et une immense télé de la taille d'un écran de cinéma.

— Où va-t-on dormir ? ai-je soufflé à Jim qui a haussé les épaules en signe d'impuissance.

Pour finir, Ed nous a laissé un peu de place sur le canapé et Jim a fait mine de s'intéresser à son jeu de combat. Quand Carl et Lisa sont arrivés, il est vite devenu évident, bien que notre langue maternelle à tous soit l'anglais, qu'on ne parlait pas le même langage.

Ils nous avaient à peine salués qu'ils ont voulu nous montrer la voiture. Et j'utilise le mot « voiture » dans son sens le plus large. En réalité, et sans exagération aucune, l'expression « épave retapée avec du mastic et du ruban adhésif » était bien mieux appropriée.

— C'est un plaisir de la conduire, a déclaré Carl tandis qu'avec Jim, on échangeait des regards trahissant le désarroi, la déception, le dégoût et encore plein d'autres mots commençant par D.

— Tu aimes le vintage, non ? a fini par dire Jim.

Il s'est tourné vers Carl et Lisa pour leur demander des précisions à propos de l'assurance, du contrôle technique et de la vignette. Ils n'avaient pas l'air de comprendre les questions de Jim, vu qu'ils étaient trop occupés à se moquer de notre « accent bizarre ».

Jim et Carl ont décidé d'aller faire un tour dans le quartier pour vérifier que l'engin marchait et je suis remontée à l'appartement avec Lisa qui pensait pouvoir retrouver du thé au fond d'un de ses placards.

— Et... euh... l'appartement est très petit, ai-je commenté d'une voix hésitante. Vous êtes sûrs qu'il y aura assez de place pour Jim et moi ?

Elle a rejeté ses cheveux blonds en arrière et m'a dévisagée comme si je venais de lui demander la permission d'assassiner son premier-né. Lisa est de ces filles qui ne savent pas mettre les autres à l'aise. Elle est mince (grâce à un régime draconien), et elle portait un tailleur avec des baskets.

— Euh... je ne suis pas certaine de comprendre, m'a-t-elle répondu d'un ton légèrement crispé.

Mais où était Jim quand j'avais besoin de lui ?

— On est debout depuis dix-huit heures entre l'avion et le reste. Lewis nous a dit qu'on pourrait dormir ici...

— Ce n'est pas à Lewis de décider, a-t-elle coupé, péremptoire, le visage fermé comme les avocates dans les thrillers. Et il faut qu'on discute du prix de location de la voiture.

J'ai cligné des yeux une fois, deux fois, trois fois.

— Le prix de location ?

Elle a tourné ses yeux bleu glacier vers moi :

— Eh bien, oui !

— Non ! Lewis nous a affirmé qu'on vous rendait service. Vous deviez faire convoyer la voiture jusqu'à Los Angeles, on s'en charge pour vous. Il n'a jamais été question de payer.

— Écoute, avec une agence de voyages, tu aurais dû débourser, disons, trois cents dollars par semaine pour la voiture. Avec Carl, on a calculé qu'en échange de mille dollars, on peut vous la laisser dix semaines : vous faites une économie énorme.

Pas de Jim en vue.

— Attends, vous ne pouvez pas décréter comme ça que vous voulez de l'argent alors qu'on en a déjà discuté...

— C'est à prendre ou à laisser.

— Cinq cents.

— Neuf cent cinquante.

Je lui ai jeté un coup d'œil assassin.

— Je ne dépasse pas les six cents.

Elle m'a rendu mon regard.

— Six cent cinquante.

Toujours pas de Jim en vue. J'allais devoir prendre cette décision seule.

— Dernière offre : six cent vingt-cinq.

Elle a réfléchi une minute.

— O.K., six cent vingt-cinq dollars plus le parfum Clinic que tu as acheté au duty free.

— Affaire conclue, ai-je répondu d'une petite voix, en espérant que Jim approuverait.

D'habitude, c'est lui qui prend les décisions. Au pire, je me décharge de mes responsabilités sur Grace.

— Combien ? s'est écrié Jim plus tard, trop tard.

Il était rentré avec Carl, après cinq minutes de

balade dans le quartier, et ils étaient déjà copains comme cochons. C'est bien les garçons ! Ils étaient tombés d'accord sur le fait que l'appartement était trop petit. Il y avait un hôtel pas cher à deux rues de là, où on pourrait loger. J'ai cru qu'ils avaient déjà abordé le problème de l'argent, c'est dire si je suis naïve.

J'étais sûre que Jim serait hyperimpressionné par mes talents de négociatrice quand j'ai mentionné la somme dérisoire – six cent vingt-cinq dollars ! – que j'avais déboursée.

— Qu'est-ce qui te prend de hurler comme ça ? ai-je répliqué en fermant la porte de notre chambre d'hôtel avant de laisser tomber ma valise sur le sol. Ils exigeaient mille dollars ! Tu devrais me remercier.

— Six cent vingt-cinq dollars !

Je n'avais jamais entendu la voix de Jim monter à ce point dans les aigus.

— C'est toujours près de cinq cents dollars que tu ne leur donneras pas. Ils ont dû s'arranger au préalable pour qu'elle s'occupe de l'argent pendant que vous faisiez connaissance autour du carburateur, ai-je raillé.

— Oh, ne commence pas. N'essaie pas de rejeter la faute sur moi. J'avais déjà proposé à Carl et à Lisa de les inviter à dîner demain soir pour les remercier. Mais non, il a fallu que tu leur donnes la moitié de notre argent...

Jim fulminait. Narines dilatées, poings serrés, muscles tendus qui trahissaient une rage à peine contenue. J'ai regardé ses lèvres bouger tandis qu'il critiquait mon comportement irresponsable.

— ... en plus, il faut qu'on paye cette chambre minable. Et on est juste à côté de l'ascenseur alors on va devoir se coltiner le bruit toute la nuit... Où vas-tu ?

Je n'ai pas pris la peine de répondre et j'ai claqué la porte de la salle de bains avant de m'enfermer à double tour. J'avais froid, j'étais épuisée, sale, affamée et incapable de supporter une minute de plus le crétin braillard qui avait pris possession du corps de Jim.

Je l'ai entendu crier : « Classique ! » puis donner un coup de pied dans une valise. Je me suis fait couler un bain : mieux valait le laisser digérer seul la nouvelle, j'avais besoin de m'immerger dans l'eau chaude pour me calmer.

17 juillet (toujours à New York)

Ce matin, on ne s'adressait toujours pas la parole. En sortant de la salle de bains, j'étais tellement remontée contre Jim que je n'ai pas partagé avec lui le dernier sandwich que ma mère avait préparé, si bien qu'il est allé se coucher le ventre vide. Pour la première fois depuis qu'on dormait dans le même lit, on a gardé nos distances. Au réveil, on était emboîtés tels des siamois, comme d'habitude. Jim m'enlaçait la taille, une jambe enroulée autour de moi. Mais, mis à part quelques grognements concernant l'organisation du petit déjeuner, on ne s'est pas parlé.

Quand on est enfin sortis de l'hôtel à dix heures et demie, je ne m'attendais pas à l'humidité qui règne à New York au mois de juillet. Comme l'avion me donne froid, je n'y ai pas prêté attention hier, mais aujourd'hui j'ai eu l'impression que j'avançais dans un brouillard chaud, humide et malodorant. En quelques secondes, mon visage s'est couvert de sueur. Je devais ressembler à un gros morceau de fromage rouge et suintant. J'ai enlevé mon cardigan pour le ranger dans mon sac à dos.

Jim m'a jeté un regard circonspect. Il me jaugeait, histoire de déterminer qui allait craquer le premier. Ce ne serait certainement pas moi.

— Qu'est-ce que tu as envie de faire, aujourd'hui ? a-t-il fini par demander.

J'ai haussé les épaules.

— Je ne sais pas. Et toi ?

Je savais pertinemment ce qui lui aurait fait plaisir : une ou deux expos et une virée dans les magasins pour s'approvisionner en tee-shirts, mais il ne voulait pas jouer franc jeu.

— Non, je t'ai demandé ce que TOI, tu avais envie de faire, a-t-il répondu d'un ton hargneux.

— Tu tiens vraiment à ce qu'on se dispute encore ? Pars de ton côté, fais ce que bon te semble, on se retrouve après.

Sur ces mots, je suis partie comme une flèche. Au Trivial Pursuit, s'il existait une catégorie « partir comme une flèche », je gagnerais un fromage à tous les coups. Et en bonus, je sais que ça énerve Jim au plus haut point. Je suis allée aussi loin que le *delicatessen* installé à deux portes de là : c'est l'équivalent américain de notre épicerie du coin avec un choix de viandes froides et des salades de fruits frais. J'étais en train de compter ma monnaie pour me payer une bouteille d'eau quand Jim m'a rejointe.

Il est resté planté devant le comptoir pendant que j'essayais de me rappeler la valeur des pièces que j'avais dans la main.

Il n'a pas dit un mot pendant que je fouillais mon sac à la recherche de mes lunettes de soleil et de mon écran total. C'était un peu agaçant, ce silence. Soudain, il s'est penché pour m'effleurer les lèvres d'un baiser.

— Pardon ! nous sommes-nous exclamés en chœur.

J'ai levé mon petit doigt.

— Amis ? ai-je demandé d'une voix contrite.

D'un geste solennel, il a accroché son auriculaire au mien.

— Amis.

— Écoute, au sujet de l'argent...

Jim a secoué la tête.

— Oublie, j'ai un peu dramatisé. Ils avaient sans doute prévu leur coup. Cinq cents dollars, ce n'est pas grand-chose, il nous reste encore plein de sous.

— J'aurais dû t'attendre.

J'ai levé les yeux vers Jim. Je le connais depuis toujours, enfin depuis trois ans, et maintenant encore, il me suffit de le regarder pour avoir envie de me jeter sur lui. Son visage anguleux, ses longues jambes, ses traits adoucis par sa tignasse brune et la courbe audacieuse de sa lèvre inférieure. Il m'a dévisagée avec un petit sourire en coin, les mains devant les yeux pour se protéger du soleil, si bien que j'avais du mal à déchiffrer son expression. Parfois, il lui suffit d'un regard pour obtenir de moi ce qu'il veut. Un regard comme celui-là.

— Allez... je sais que tu veux aller au Guggenheim admirer sa célèbre rotonde dessinée par l'architecte Frank Lloyd Wright.

Jim a souri puis m'a donné une pichenette sur le nez.

— Tu lis en moi comme dans un livre.

— Comme dans un roman de gare, ai-je ironisé. Bon, il faut qu'on trouve la station de métro la plus proche.

On a passé la matinée à se perdre dans les transports en commun et à admirer des œuvres d'art. Bref, on s'est cultivés. Mais le meilleur moment de la journée, c'est quand on a déjeuné de hot dogs et de bretzels achetés à un de ces marchands ambulants qu'on voit dans les films. On était à nouveau fous amoureux l'un de l'autre, même si l'air était trop moite pour qu'on songe à se tenir la main.

On a regagné les quartiers commerçants dans l'après-midi pour que Jim puisse faire une razzia de tee-shirts mais il y avait tellement de boutiques qu'on ne savait plus où donner de la tête.

— Toi, tu continues, ai-je décrété en sortant de notre quatrième magasin. Moi, je vais faire un tour au cybercafé pour vérifier mes e-mails.

Comme prévu, Grace m'avait écrit.

À : pipelette@hotmail.com
De : graceland@hotmail.com

Salut, Edie,
J'espère que tu vas bien. Si tu lis ces lignes, c'est que tu as réussi à passer entre les balles. Ici, c'est la catastrophe. Je me faisais une joie de partir en tournée jusqu'à ce que je découvre... (roulement de tambour) que Jack est de la partie ! Non, il n'a pas changé de sexe ni persuadé Penelope de le laisser jouer du triangle dans le groupe. Il va s'occuper du matériel. Et tout ça, c'est la faute de Jessie. Ils se prennent pour Batman et Robin, ces deux-là, et c'est pénible. Je croyais que j'avais ma chance avec

Jack, mais apparemment, c'est Jessie qui l'obsède. Le hic, c'est que Penelope sort avec ce type et lui mène la vie dure en permanence, alors j'ai du mal à comprendre pourquoi Jack est allé se dégotter une idole aussi pitoyable.

Y en a marre.

Bon, faut que j'y aille. Réponds-moi vite.

Grace

J'ai secoué la tête. C'est si simple d'analyser ce qui cloche dans la vie de Grace. J'ai beaucoup plus de mal à cerner mes propres problèmes. J'ai cliqué sur « Répondre ».

À : graceland@hotmail.com
De : pipelette@hotmail.com

Salut, Grace,

Je t'écris en direct de New York City. On est toujours entiers. Jim vient de s'engouffrer dans un de ces innombrables magasins qui vendent des tee-shirts imprimés trop grands pour lui.

Depuis notre arrivée, on n'arrête pas de se disputer à cause du décalage horaire (c'est une histoire trop longue et trop compliquée à raconter) mais une bonne nuit de sommeil et un vrai repas devraient tout arranger.

Bon, permets-moi de te mettre les points sur les i (encore une fois, c'est le décalage horaire) : je sais que tu en pinces pour Jack (pas la peine de le nier), et sa présence pendant la tournée t'offre une occasion unique de tenter ta chance ! Saute-lui dessus ! Jim est en train de lire ces lignes par-dessus mon épaule. Il t'envoie le bonjour et me signifie qu'on doit y aller par la même occasion. Mon « maître » a parlé, je n'ai pas la force de résister (je précise que les guillemets sont sarcastiques).

Prends bien soin de toi.

Edie

Jim m'a prise par les épaules tandis que je fermais ma boîte e-mail.

— Tu es fatiguée ?

— Oui. On prend un café ultra-serré ou on s'offre une sieste ?

— Va pour la sieste, a décrété Jim. J'en ai marre de me perdre dans le métro, prenons un taxi.

Bonne idée. Une demi-heure plus tard, on dormait à poings fermés.

Je me suis réveillée en sentant Jim me caresser les cheveux et m'embrasser l'oreille. J'ai fait semblant de dormir pendant cinq minutes pour prolonger le plaisir. Il s'est collé contre moi et a glissé sa main le long de mon dos.

— Je sais que tu ne dors pas, a-t-il susurré. Ton souffle s'accélère.

J'ai souri et je me suis penchée pour repousser une mèche de ses cheveux.

— Salut, toi, ai-je murmuré.

— Salut, a-t-il répondu avant de me mordiller la lèvre inférieure.

J'ai effleuré sa bouche d'un baiser. Il a essayé de m'embrasser à son tour, mais chaque fois qu'il s'avançait, je reculais pour déposer ensuite de petits baisers sur ses joues, ses paupières et le bout de son nez. Soudain, au comble de l'exaspération, il s'est penché sur moi et a collé sa bouche à la mienne.

Au bout d'un moment, il m'a libérée pour me demander, entre deux baisers dans le cou :

— À quelle heure doit-on retrouver Carl et Lisa ?

— Huit heures.

— Il nous reste deux heures, a-t-il déclaré après avoir jeté un coup d'œil au réveil sur la table de nuit.

J'ai caressé son dos, je sentais ses muscles saillants sous mes doigts.

— Je pourrais prendre un long bain, histoire de tuer le temps.

Jim m'a pincé le bras.

— Et pourquoi pas une douche rapide ? J'ai des projets pour toi.

L'air s'était rafraîchi. On a traversé Soho pour rejoindre le quartier de Nolita, en s'arrêtant de temps à autre pour consulter notre plan. Après quelques détours, on a fini par trouver Mulberry Street et le petit restaurant italien où on avait rendez-vous avec Carl et Lisa. La perspective de passer une soirée avec eux me rendait nerveuse. Lisa ne m'avait pas fait très bonne impression et Carl était probablement le dernier des crétins, à en juger par la petite amie qu'il s'était choisi. Mais ils avaient l'air content de nous voir : il faut dire qu'ils allaient dîner à l'œil. Oh là là, je deviens vraiment cynique !

On s'est installés en terrasse et on a regardé un groupe de vieux Italiens se saluer puis s'asseoir pour fumer des cigares et partager une bouteille de vin. Carl a juré ses grands dieux que la Mafia contrôlait le quartier et que ces hommes étaient des membres retraités de Cosa Nostra. À mon avis, il a vu trop d'épisodes des *Soprano*. Je suis tombée amoureuse du décor. La serveuse et son accent du Bronx hyperprononcé, qui m'a fait répéter dix fois ma commande – des spaghettis aux boulettes de viande – parce que

« j'adore votre accent, il est trop chou », l'odeur de l'ail mêlée à celle des pots d'échappement, l'atmosphère lourde et moite, et le fait que chaque passant se promenait avec un petit chien en laisse.

Carl et Lisa n'avaient pas les mêmes sujets de conversation que nos amis de Manchester – à savoir qui sort avec qui, qui déteste qui, et puis le cinéma, la musique, la peinture. Non, ils parlaient de leurs problèmes de sinus, du coût de la vie à New York.

J'avais hâte que le repas se termine. Peut-être qu'avec Jim, on pourrait s'offrir une promenade romantique dans Central Park une fois qu'on se serait débarrassés d'eux. Mais on avait à peine réglé l'addition que Carl et Lisa projetaient déjà de faire la tournée des bars.

— Mais Edie n'a pas l'âge légal, a objecté Jim. L'alcool est interdit aux moins de vingt et un ans ici, non ?

Carl m'a fait un clin d'œil qui m'a un peu déstabilisée : jusqu'à preuve du contraire, on n'était pas vraiment les meilleurs amis du monde. Il a cité le nom d'un endroit pas très éclairé où on ne me demanderait pas ma carte d'identité.

Puis, tandis que Jim et Lisa marchaient devant nous, il a passé un bras un peu trop amical autour de mes épaules et il s'est mis à me raconter sa vie avec Lisa en long, en large et en travers. Trop répugnant pour que je m'étende sur le sujet. Il se passait quelque chose de bizarre mais je n'arrivais pas à identifier mon malaise. Puis Carl est entré dans un immeuble à la suite de Jim et de Lisa, et mon sentiment étrange s'est dissipé.

Le Red Bench Bar était tellement sombre que si Carl ne m'avait pas guidée vers une table en me prenant par la taille j'aurais dû aller demander au barman des lunettes à infrarouges.

Jim et Carl sont allés commander et je me suis assise en silence à côté de Lisa. Elle a enroulé une mèche de ses cheveux teints en blond californien autour d'un doigt à l'ongle parfaitement manucuré. J'avais beau porter ma robe Mango qui ressemblait à une création de Marc Jacobs, je me faisais l'effet d'une gamine débraillée à côté d'elle.

— Jim est mignon, a-t-elle annoncé brusquement. Très, très mignon.

— Il se défend, ai-je répondu d'un ton neutre.

— Tu es toujours en colère à cause de l'argent, pas vrai ? a-t-elle demandé, et, malgré l'obscurité, son expression moqueuse ne m'a pas échappé. Je me suis expliquée avec Jim, il l'a bien pris.

— Ce n'est pas l'impression que j'ai eue hier soir, ai-je marmonné.

— Les hommes, ça se mène à la baguette. Il va falloir que tu apprennes, a-t-elle observé, avec sa vaste expérience.

C'est vrai qu'elle avait quatre ans de plus que moi.

— Prends Carl, par exemple.

Euh, non, même pas avec des pincettes.

J'ai soupiré.

— Oui ?

— Il fait l'affaire dans l'immédiat, mais je n'envisage pas du long terme avec lui.

Comme elle abordait le sujet qui l'intéressait vraiment, Lisa s'est penchée vers moi.

— C'est comme Jim et toi.

— Ça n'a rien à voir, me suis-je écriée avec indignation. On s'aime, nous !

Vu le contexte, ma réaction sentait le lieu commun. C'est du moins ce que Lisa devait penser.

— Ah oui, l'amour ! C'est vrai que les ados ont tendance à s'accrocher à leurs idéaux romantiques, a-t-elle raillé. C'est ton premier petit ami, alors bien sûr, tu crois que tu es amoureuse. Mais à l'université, tu changeras d'avis.

— Je ne vois pas pourquoi, ai-je protesté. Si deux personnes s'aiment, elles peuvent faire en sorte que ça marche.

Lisa a ignoré ma remarque.

— Moi et Carl, on est un couple libre, a-t-elle poursuivi. Ça simplifie les choses. Je suis tellement soulagée d'en avoir terminé avec la jalousie : tu sais, ces énergies négatives freinent l'épanouissement.

— La liberté, c'est juste une excuse pour tromper l'autre.

— Tu n'as jamais connu que Jim ?

Lisa a baissé la voix.

— Carl t'aime bien, tu sais.

— Et ?

— Je veux dire que tu lui plais, a-t-elle gloussé. Et je sais que Jim a un faible pour moi.

Mon cerveau était sur le point d'exploser quand Carl et Jim sont revenus avec nos boissons. Carl se glissait déjà sur le banc à côté de moi tandis que Lisa indiquait le siège près d'elle à Jim. Il n'avait plus d'autre choix que de s'asseoir. Tout de même, il n'était pas obligé d'afficher cet air réjoui.

Puis Carl a touché mon genou sous la table avant de chuchoter :

— Alors, Lisa t'a parlé ?

Mon regard méprisant est passé inaperçu dans l'obscurité. J'ai pris une gorgée de mon verre, que j'ai recrachée aussi sec.

Cet incident a été accueilli par un éclat de rire. Lisa a fait mine d'éponger la table avec une serviette en papier.

— Au fait, j'ai oublié de préciser que les doses d'alcool étaient très généreuses, a expliqué Jim en souriant.

— Merci de m'avoir prévenue, ai-je répondu avec mauvaise humeur.

Pendant les deux heures suivantes, Carl n'a pas arrêté de commander des verres et d'avoir des gestes déplacés. J'ai essayé d'attirer l'attention de Jim en lui donnant des coups de pied sous la table mais il semblait captivé par les propos de Lisa. De temps à autre, il me souriait avant de se tourner à nouveau vers elle.

J'ai fini par m'apercevoir que j'avais un peu trop bu. Je devais lutter contre l'envie de poser ma tête sur la table. Carl a murmuré qu'il trouvait mon accent très sexy.

— Oh, regarde-les, comme ils sont mignons, a observé Lisa.

J'ai essayé de fixer mon attention sur elle, mais au lieu d'une Lisa, j'en voyais au moins trois.

— Je ne me sens pas très bien, ai-je articulé lentement.

Ma voix me parvenait comme de très loin. Jim s'est levé.

— Edie ! Tu n'es pas sortable, s'est-il écrié.

J'ai essayé de me lever à mon tour mais je me suis rendu compte que Carl m'avait pris la main.

— On y va ? ai-je demandé aux trois Jim qui me dévisageaient avec la même expression de dégoût.

Carl m'a donné une accolade enthousiaste.

— Hé, vous ne pouvez pas partir maintenant ! s'est-il exclamé. La soirée vient juste de commencer.

Mais son geste « amical » a eu un effet dévastateur sur mon estomac.

— Je crois que je vais être malade, ai-je marmonné.

Avec un soupir d'exaspération, Jim m'a empoignée par le bras puis m'a entraînée à l'extérieur. Quelque part dans ma tête, j'avais déjà décidé que j'allais vomir et j'accueillais cette idée avec beaucoup de sérénité. J'ai titubé jusqu'au bord du trottoir et j'ai vomi mes tripes. Encore et encore. Une fois l'estomac vidé, je me sentais beaucoup mieux et surtout étrangement calme. Je me suis retournée : Jim, les bras croisés, m'observait d'un air écœuré.

J'ai reculé d'un pas, clouée par la dureté de son regard, et j'ai failli m'étaler. Il s'est précipité pour me rattraper par le bras.

— Tu viens de te donner en spectacle.

Ses yeux lançaient des éclairs.

— À l'avenir, tu devrais éviter de boire.

— Laisse-moi, ai-je braillé. Ce n'est pas à toi de me dire ce que je dois faire. J'y retourne et je vais me commander un autre verre.

— Tu as assez bu et Carl a eu sa dose de drague, à mon avis.

C'est à ce moment que Carl et Lisa sont sortis du bar, ont croisé le regard furieux de Jim et se sont arrêtés net.

— Je ramène Edie à l'hôtel, a-t-il déclaré d'un ton qui ne trahissait aucune émotion.

J'en ai déduit que ce serait ma fête quand on se retrouverait seuls. J'avais beau haïr nos nouveaux amis américains, j'ai pensé que leur présence serait un gage de sécurité.

— Je veux aller avec eux, ai-je pleurniché.

Jim me tenait toujours fermement par le bras.

Il s'est tourné vers Carl et Lisa en ignorant mes efforts frénétiques pour me dégager.

— Merci pour cette soirée. On vous appelle en arrivant à Los Angeles pour vous confirmer que la voiture est arrivée à bon port.

Comprenant qu'il les congédiait, ils ont fait mine de partir, mais Jim n'en avait pas fini avec eux.

— Oh, Lisa, a-t-il ajouté de ce ton à la fois calme et menaçant qui me fait toujours froid dans le dos. Est-ce que je peux récupérer les six cents dollars ?

Lisa en est restée comme deux ronds de flan.

— Qu'est-ce que c'est que cette histoire ? lui a dit Carl. Pourquoi devraient-ils payer alors qu'ils nous rendent service ?

Il a regardé Jim.

— Comme je te l'ai expliqué, il nous aurait fallu débourser une fortune pour faire convoyer la voiture jusqu'à Los Angeles.

Furieuse, Lisa a fouillé dans son sac.

— Voilà cinq cents dollars, a-t-elle grommelé en déposant une liasse de billets dans la main tendue de Jim. Je n'ai pas le reste.

Carl lui a lancé un regard venimeux avant d'extirper un billet froissé de cent dollars de la poche de sa veste.

— Et voilà, mec, désolé. Ah, les filles, hein ?

Puis Carl et Lisa ont quitté la scène.

Jim m'a lâché le bras et je me suis sentie partir en arrière.

— Je n'ai rien fait de mal...

— Je ne veux plus t'entendre, Edie, a-t-il répliqué d'un ton las. Je veux juste rentrer à l'hôtel et oublier les événements de cette dernière demi-heure.

— Jim, je...

Je n'ai pas pu achever ma phrase. Jim, qui s'était avancé sur la chaussée pour héler un taxi, ne me prêtait plus la moindre attention.

Je suis montée dans le taxi qui venait de s'arrêter à notre niveau. Une fois rentrés à l'hôtel, on s'est couchés. Et pour la deuxième nuit consécutive, on n'a pas échangé un mot.

18 juillet (New York, toujours)

Ce matin, Jim était toujours furieux contre moi. Il ne m'a pas dit qu'il était furieux (il ne m'a rien dit, en fait) mais il a décidé de quitter l'hôtel très tôt (à huit heures du matin pour être exacte), ce qui n'était ni nécessaire, ni très charitable. Moi, je n'avais qu'une envie, me terrer sous les couvertures.

La gueule de bois, c'est l'enfer. J'avais l'impression que le moindre battement de mes cils résonnait à l'intérieur de mon crâne. Les nausées en plus. Mais Jim a ignoré mes faibles protestations et est descendu prendre son petit déjeuner après m'avoir sèchement informée que je devais avoir pris une douche, rassemblé mes affaires, et être prête à partir d'ici une demi-heure. En prime, il a claqué la porte.

À huit heures trente-cinq je me cramponnais à mon triple expresso acheté au Starbucks près de l'hôtel en regardant d'un air contrit Jim remplir le coffre de la voiture et jurer entre ses dents. J'ai bien essayé de soulever ma valise, bref de faire preuve d'un peu de bonne volonté, mais il me l'a arrachée des mains puis il m'a ordonné de monter dans la voiture. Ne jamais s'interposer entre un garçon et sa mauvaise humeur.

Il n'y avait pas de séparation entre le siège conducteur et le siège passager : j'ai disposé avec soin mon sac à dos, mes cartes et le carnet de notre itinéraire de sorte qu'ils fassent rempart entre Jim et moi. Ça m'a pris trente secondes. Jim, quant à lui, luttait toujours avec le coffre.

Je me demandais ce qu'il pouvait fabriquer. On avait chacun une valise et un sac, et un grand coffre plus le siège arrière pour les entreposer.

Il a fini par venir à bout des bagages et s'est glissé sur le siège avant. Il a baissé la vitre – pour la remonter aussitôt en s'apercevant qu'il faisait plus chaud dehors qu'à l'intérieur de la voiture – et posé les mains sur le volant en poussant un gros soupir.

Je ne pouvais pas faire grand-chose pour lui. Il était visiblement nerveux à l'idée de conduire une épave en bout de course sur le côté droit de la route. Mais tout ce que j'aurais pu dire ne lui aurait été d'aucun réconfort vu l'état d'esprit dans lequel il se trouvait.

Je me suis contentée de grimacer un sourire qui, j'en suis certaine, l'aurait vraiment encouragé s'il avait pris la peine de m'accorder un regard.

On est restés assis sans bouger quelques minutes encore avant qu'il se décide soudain à tourner la clé de contact. Le moteur s'est mis à ronronner. Une fois revenu de sa surprise, Jim a manœuvré doucement et on a pris la route. Notre périple commençait.

Deux heures plus tard, j'essayais encore de rassembler assez de courage pour parler à Jim. Il avait réussi à vaincre sa peur et semblait détendu, lunettes de soleil sur le nez, coude appuyé contre la vitre baissée. Mais dès que je remuais sur mon siège ou que je faisais mine de baisser le volume de sa cassette de Franz Ferdinand, il me décochait un regard qui trahissait autant le dégoût que le reproche.

J'avais du mal à me souvenir pourquoi il m'en voulait autant. D'accord, j'avais trop bu et je m'étais ridiculisée mais c'est lui qui m'avait laissée me débrouiller avec Carl et ses sales pattes pendant qu'il n'avait d'yeux que pour Lisa.

— Jim ?

— Quoi ? a-t-il répondu d'un ton sec.

J'ai pris ma respiration et j'ai compté jusqu'à dix.

— Quand vas-tu te décider à me reparler ?

— Je ne sais pas encore.

— J'étais saoule, j'ai vomi. Comme si ça ne t'était pas arrivé des centaines de fois !

156

— Moi, je ne donne pas la main à n'importe qui quand tu es assise en face de moi, a crié Jim qui avait visiblement laissé tomber l'attitude ironique et détachée.

— Jim, ce type a essayé de me peloter pendant des heures mais tu étais tellement fasciné par Lisa que tu n'as même pas remarqué. Je lui tenais la main pour l'empêcher de descendre plus bas.

— Peu importe.

— Tu ne me crois pas ?

D'un geste brusque, Jim a changé de vitesse et la voiture s'est mise à vibrer.

— Si, a-t-il soupiré.

— Tu veux bien répéter ça en y mettant un peu plus de conviction ?

— O.K., je te crois. Cela dit, je ne vais pas passer le séjour à réparer tes bourdes. Je ne vois pas pourquoi je devrais toujours être le seul à me comporter en adulte responsable.

Nos regards se sont croisés. J'ai attendu un signe de sa part montrant qu'il n'était plus fâché contre moi, mais il restait impassible. J'ai touché sa jambe.

— Je te demande pardon, ai-je dit avec toute la sincérité dont j'étais capable. Que puis-je faire de plus ? Je suis vraiment désolée.

Il a levé un sourcil, l'air de m'encourager à continuer.

Je me suis rapprochée de lui.

— Allez, on repart de zéro. On tire un trait sur New York.

Je me suis penchée pour lui poser un baiser sur la joue. Toujours pas de réaction. Je l'ai embrassé dans le cou avant de lui mordiller le lobe de l'oreille. Aucune chance qu'il résiste. Il a enlacé ma taille.

— O.K. Je te pardonne. On repart de zéro.

— Je déteste me disputer avec toi, me suis-je lamentée. Et on n'a pas arrêté depuis qu'on a posé le pied dans ce pays.

— Décalage horaire, a décrété Jim. Et, pour ta gouverne, j'étais bien fasciné par Lisa.

Mon sang n'a fait qu'un tour.

— Ah bon ?

— Oui. Cette fille est tellement... bizarre. Pas intéressante, non. Flippante. Style très centrée sur elle-même, sauf qu'elle appelait ça « être en harmonie avec son moi profond ». Pendant une minute, j'ai cru qu'elle me draguait.

— Mais elle te draguait ! me suis-je exclamée avec indignation. Elle m'a dit qu'elle et Carl se considéraient comme un « couple libre ».

— Ah, d'accord, a déclaré Jim, un peu sonné par cette révélation.

Il est resté silencieux quelques secondes.

— Bon sang, cette fille était vraiment bizarre.

Il nous a fallu presque une journée entière pour atteindre Philadelphie, et vous savez quoi ? Le voyage m'a fait penser à un film d'art et essai. Le genre avec des prises de vues sous plein d'angles différents pour marquer le temps qui passe. Le héros et l'héroïne sont fous amoureux l'un de l'autre et toute la scène est inondée de soleil. C'était exactement comme ça.

On a chanté sur la compilation d'Elvis que Tony l'Italien nous avait offerte lors de notre soirée d'adieu. On s'est arrêtés dans un authentique *diner*[1] américain pour déjeuner. Jim a commandé des gaufres au jambon (notez bien : au jambon !) qu'on lui a apportées saupoudrées de sucre glace et arrosées de sirop d'érable. De retour dans la voiture, j'ai enlevé mes chaussures pour appuyer mes pieds contre le tableau de bord et j'ai regardé défiler les bus scolaires jaunes et les grosses bagnoles aux vitres teintées dont les plaques minéralogiques arboraient l'inscription : « New Jersey – The Garden State[2] ».

---

1. Les *diners* sont des restaurants typiquement américains. Ils servent à toute heure et font aussi office de café.
2. Le New Jersey est surnommé « l'État jardin ». *(N.d.T.)*

Philadelphie

En milieu d'après-midi, on a traversé la rivière Delaware pour entrer dans Philadelphie. J'ai jonglé avec les cartes pour guider Jim dans le centre-ville.

Il a laissé échapper un sifflement admiratif.

— Je suis vraiment impressionné par tes talents de copilote, Edie.

J'ai fait la grimace.

— Avec mes parents, on allait camper tous les étés en France. Non seulement c'était moi le guide mais je devais en plus parler français !

J'ai tressailli à ce souvenir.

Après quelques hésitations, on s'est engagés dans l'allée d'un motel dont l'enseigne n'avait pas semblé trop rédhibitoire à Jim. À la réception, on a vécu un moment pas très agréable quand le type derrière le comptoir, qui croyait que j'étais mineure, a voulu voir ma carte d'identité. Jim s'est un peu emporté :

— Elle a dix-neuf ans, c'est écrit sur son passeport !

Après avoir payé un acompte pour deux nuits, on a pu s'installer dans la chambre 31.

Jim s'est étiré en grognant tandis que j'ouvrais les rideaux pour laisser entrer le soleil.

— Tu es fatigué ? ai-je demandé en pénétrant dans la salle de bains pour vérifier si elle était pourvue en articles de toilette gratuits. Que dalle !

— Je suis un peu courbatue, a répondu Jim en s'affalant sur le lit.

— Je dois avoir du Synthol quelque part dans mes affaires. On pourrait aller faire un tour et manger un morceau ?

Jim s'est encore étiré avant de se relever pour enlever son tee-shirt. Il s'est massé le cou d'un geste las.

J'ai contemplé nos deux reflets dans le miroir. Jim était si beau.

C'est rare, la beauté, chez un homme, mais Jim a cette chance. Certains le trouvent trop maigre. Moi, j'adore son corps délié et nerveux malgré les tonnes de pâtes qu'il dévore pour se remplumer. J'aime aussi la petite bosse de son nez, ses pommettes saillantes et l'arc un peu relevé de son sourcil gauche.

Je suis moins réussie. Jim me dit toujours que ma beauté s'épanouira avec l'âge quand je me plains de mes taches de rousseur et de ma bouche trop grande. Parfois je me fais l'effet d'une extraterrestre avec mes grands yeux, mon menton pointu et mon absence de nez. Peut-être que ma frange est trop courte. J'ai froncé les sourcils en tirant sur ma queue-de-cheval avant de m'apercevoir que Jim avait disparu dans la salle de bains pour prendre une douche.

Il en est sorti une demi-heure plus tard, une serviette enroulée autour des hanches. Propre comme un sou neuf mais crevé.

— Il va bientôt faire nuit, ai-je observé. Je vais sortir acheter à manger et on peut s'installer devant la télé, qu'en dis-tu ? Je crois qu'il y a une chaîne de cinéma.

Jim a hoché la tête.

— Ça ne te dérange pas d'y aller seule ?

— Non, je serai de retour dans une demi-heure maxi.

Quand je suis revenue avec des sandwichs énormes et un pot de Ben & Jerry's, il dormait à poings fermés. J'ai pensé le réveiller mais il semblait si paisible que j'ai pris mon bagel à la dinde ainsi que le pot de glace et, installée sur le banc dehors, j'ai mangé en regardant les étoiles.

19 juillet

Philadelphie est le berceau de la démocratie. C'est pour cette raison que j'ai insisté auprès de Jim pour aller admirer Liberty Bell – la Cloche de la Liberté. Il n'a pas été impressionné une seconde.

— Elle est fêlée, a-t-il commenté. Et ce n'est pas très patriotique de ta part de m'obliger à voir des monuments qui commémorent une guerre au cours de laquelle les Anglais se sont fait botter les fesses.

— Mais c'est de l'histoire ! me suis-je exclamée, scandalisée.

Visiblement, Jim s'en battait l'œil, de l'histoire.

— Bon, on peut aller visiter le musée Rodin, maintenant ?

— Pff, comme tu veux.

J'ai tiré sur le col de ma chemise à carreaux rose. Il faisait une chaleur écrasante. Le jean, ce n'était peut-être pas une très bonne idée.

Quand on est arrivés au musée, Jim paraissait ragaillardi, alors que jusque-là il s'était montré un peu maussade après sa nuit marathon de quatorze heures. Il s'était réveillé vers deux heures du matin, avait englouti le sandwich que j'avais laissé sur la table de nuit puis s'était rendormi pendant six autres heures.

J'étais ravie : il y avait l'air conditionné dans le musée. Et puis des tas de sculptures, alors Jim était enchanté, lui aussi. En art, il s'y connaît comme personne. Il peut rester des heures à contempler une sculpture ou un tableau et je ne sais jamais s'il apprécie vraiment le travail de l'artiste ou s'il essaie juste de faire le malin. Moi ? Je regarde un truc, je décide si j'aime ou pas et je passe au suivant. On est restés quatre heures dans ce musée. Quatre heures de ma vie que je ne rattraperai jamais. Grrrr.

Washington

20 juillet

On a repris la route aujourd'hui. D'après mon itinéraire infaillible, Washington est à 224 kilomètres de Philadelphie, distance à peine imaginable étant donné la chaleur à crever dans la voiture. Je n'avais jamais vraiment réfléchi aux bienfaits de l'air conditionné auparavant, mais depuis que j'avais les cuisses scotchées au cuir du siège et que le soleil tapait à travers le pare-brise, je ne pensais plus qu'à ça.

Enfin, pas seulement. Je pensais aussi beaucoup à Jim. Tout ce temps passé ensemble, ça commençait à me rendre dingue. Chaque fois que je tournais la tête, il était là. J'étais à l'aise en sa présence, je n'avais pas envie de me sentir TROP à l'aise. J'avais besoin d'entretenir un certain mystère, traduction : je ne voulais pas qu'il vienne se laver les dents pendant que je prenais ma douche. Ce qui avait donné lieu à notre première dispute ce matin.

Il a fait irruption dans la salle de bains sans prêter la moindre attention à moi et il a eu l'air de tomber des nues quand j'ai poussé un cri avant de me cacher derrière le rideau de douche.

— Dehors ! ai-je hurlé.

Il n'a pas compris pourquoi je me mettais dans cet état. En quoi me faire surprendre les fesses à l'air sous la douche me fragilisait davantage que me rouler nue sous la couette pour... enfin, vous voyez.

— Il n'y a rien que je n'aie déjà vu, a-t-il remarqué en me fixant d'un air concupiscent.

Il a fallu que je lui jette ma bouteille de shampoing à la figure pour qu'il comprenne que je ne plaisantais pas.

Quand je suis sortie de la salle de bains habillée de pied en cap, il avait enfin pigé que j'avais des problèmes avec la nudité et il s'est excusé. Puis on a repris la route sous la chaleur et on s'est chamaillés avec l'obstination de gamins de trois ans. Tout était prétexte à bagarre : le choix de la musique, pourquoi j'avais bu deux tasses de café alors que ça me donnait envie de faire pipi et en quoi le fait de porter le même tee-shirt deux jours d'affilée était franchement dégoûtant.

D'accord, ce n'étaient pas de vraies disputes et Jim se mettait à rire entre deux reproches, mais tout de même, je commençais à en avoir marre. Je n'avais jamais remarqué à quel point il est doué pour le conflit. Il est pire que Penelope. Mais penser à Penelope me donne le cafard.

Une autre mégapole américaine, un autre motel à deux sous décoré dans différents tons de beige. Après avoir changé de tee-shirt, Jim s'est installé sur le lit avec le guide de voyage.

— Cet après-midi, on pourrait visiter la Nicolasional Gallery of Art, a-t-il décrété. Puis la Nicolasional Portrait Gallery et le Corcoran.

— Dans la vie, il y a autre chose que les musées, ai-je grommelé.

— Bon, tu as faim ?

Je n'avais pas envie d'une autre dispute. Mais alors pas envie du tout.

— Jim... Peut-être qu'on devrait passer la journée de demain chacun de son côté, ai-je dit après une hésitation. On se bagarre sans arrêt. Tu aimes l'art, moi aussi, mais j'ai d'autres centres d'intérêt...

Jim m'a considérée d'un air pensif. J'ai essayé de sourire.

— O.K., a-t-il fini par répondre. Tu es sûre que tu parviendras à te débrouiller seule ?

— Certaine ! ai-je répliqué, vexée. J'ai seulement besoin d'un peu de temps pour moi. Pour faire des trucs de fille, quoi.

— Si on te retrouve morte dans un fossé, je vais avoir beaucoup de mal à me justifier vis-à-vis de tes parents, a ironisé Jim.

Puis il m'a promis qu'on se contenterait d'un rapide coup d'œil au pop art et qu'on laisserait définitivement tomber les tableaux de chérubins tout nus du début du XVIᵉ siècle.

21 juillet (samedi)

À : pipelette@hotmail.com
De : graceland@hotmail.com

Ça y est, on a commencé les répètes interminables en vue de la tournée. Jack s'occupe du matériel. Jessie lui apprend à faire marcher la sono. À les regarder ensemble, on dirait qu'il s'agit des commandes d'un vaisseau spatial. Jack joue avec ma guitare (enfin, ta guitare), c'est donc qu'il n'est pas si mauvais.

J'ai transmis tes amitiés à Penelope mais je n'ose pas répéter ce qu'elle a dit.

Faut que j'y aille ! Ne nous oublie pas sur la route.

Grosses bises.

Grace

J'ai soupiré. Le café où je faisais une halte, dans le centre-ville de Washington, se trouvait à des années-lumière de Manchester : de là où j'étais assise, je voyais la Maison-Blanche. Ici, les hommes en costume-cravate ne travaillaient pas pour une compagnie d'assurances, non, ils dirigeaient l'Amérique, autant dire le monde. En comparaison, je me sentais minuscule et insignifiante.

J'ai cliqué sur « Répondre ».

À : graceland@hotmail.com
De : pipelette@hotmail.com

J'aime être une fille. Une fille cultivée, aventurière et dans le coup, en balade à Washington.

Aujourd'hui j'ai mis ma plus belle robe vintage (la verte avec les marguerites) et je suis allée au cimetière national d'Arlington déposer une gerbe de fleurs sur la tombe de Jacqueline Kennedy Onassis (une de mes idoles intemporelles en matière de style). Puis je me suis offert une manucure et une pédicure (pour la modique somme de vingt dollars !), et maintenant je suis en train de boire un cappuccino glacé en lisant ton dernier e-mail.

Jim va bien. Il s'occupe de son côté – ses trucs d'artiste habituels – et je suis sûre qu'il est secrètement soulagé de ne pas avoir à supporter ma présence et mes commentaires idiots du genre « Léonard de Vinci n'était pas très fort pour dessiner les mains, pas vrai ? »

J'aimerais bien que Penelope cesse de m'en vouloir à mort. Elle finira peut-être par se calmer. Ne l'écoute pas : tu es une guitariste hors pair, tu as juste besoin d'un peu d'entraînement. D'ailleurs, tu ferais bien d'y aller !

Tu me manques.

Edie

Sur le chemin du retour à l'hôtel, j'ai admiré mes ongles de pieds vernis de rouge. Bizarre comme, après toute une journée sans Jim, je ressentais son absence. J'avais hâte de le retrouver. Au lieu d'échanger des suggestions polies sur l'endroit où on pourrait déjeuner, on aurait des trucs à se raconter, même si, pour ma part, je m'étais contentée d'aller déposer un bouquet sur la tombe d'une veuve de président.

En traversant la longue véranda qui menait à notre chambre, j'ai aperçu Jim qui m'attendait. Il était l'élément le plus enthousiasmant de ce drôle d'endroit. Je n'ai pas pu me retenir : je me suis jetée dans ses bras.

Jim a ri puis il m'a fait tournoyer dans les airs.

— Salut, toi.

Les bras autour de son cou, j'ai enfoui mon visage

dans le creux de son épaule. J'ai reconnu son odeur chaude et citronnée. L'odeur de Jim.

— Tu m'as manqué.

Jim n'a pas fait mine de me reposer par terre et je me suis cramponnée un peu plus à lui. Il m'a appuyée contre le mur avant de m'embrasser avec voracité.

— Toi aussi, a-t-il répondu entre deux baisers.

Il n'y avait pas un seul millimètre de lui qui n'était pas collé contre moi.

J'ai plongé mes doigts dans ses cheveux tandis qu'il explorait mon cou avec sa bouche, au rythme des battements de mon pouls. D'un mouvement brusque, j'ai enroulé mes jambes autour de lui et, sans me lâcher, il a titubé jusqu'à la porte entrouverte de notre chambre.

Il a réussi à atteindre le lit sur lequel il m'a déposée. Je n'ai pas pu m'empêcher de glousser tandis qu'il plantait de petits baisers bruyants sur mes épaules en écartant les bretelles de ma robe.

— Une minute de plus et on finissait au poste.

— Tais-toi et embrasse-moi, ai-je grommelé.

Le reste est privé. Je crois qu'on ferait mieux d'éteindre la lumière.

Chicago

1er août

À : graceland@hotmail.com
De : pipelette@hotmail.com
AVIS : CE MAIL VA FIGURER DANS MON JOURNAL.
PRIÈRE D'IGNORER LES PASSAGES TROP INTROSPECTIFS
OU AXÉS SUR LES « SENTIMENTS ».

Salut, toi. Désolée de ne pas avoir écrit depuis des lustres. Qui n'a pas vu l'Amérique derrière le pare-brise d'une Chrysler 1973 avec des plaques de rouille assorties à la peinture bronze et aux sièges en cuir usé ne peut pas prétendre la connaître.

Ça fait maintenant presque deux semaines qu'on est sur la route. On a adopté un rythme étrange, très zen, et notre univers se résume à l'habitacle d'une voiture. Je m'inquiétais un peu à l'idée que Jim conduise autant mais il prend son pied. Il réalise ses fantasmes à la Kerouac bien qu'un soir où on avait pris du retard par rapport à l'itinéraire établi (et l'itinéraire est roi !) il ait failli s'endormir au volant. On a dû se garer sur le bas-côté pour qu'il fasse une sieste sur le siège arrière pendant que moi, qui étais bien réveillée, j'essayais de ne pas penser à toutes ces légendes urbaines idiotes concernant des tueurs en série avec des crochets en guise de mains qui hantent les autoroutes en quête de jolies jeunes filles pubères pour leur arracher les entrailles.

Tu veux peut-être savoir où on a été. Voici un récapitulatif qui, j'espère, ne ressemble pas à un de ces récits de voyage barbants.

Gettysburg : plein de monuments hyperrasoirs en mémoire de la guerre de Sécession.

Les chutes du Niagara : des chutes d'eau très, très hautes.

Toronto : Ouep, Toronto, au Canada ! Magasins sympas, population accueillante avec un accent très nasillard.

Detroit : ou la ville du rock, comme Jim se plaît à l'appeler. Plein de musées de voitures.

Chicago : c'est là qu'on se trouve en ce moment.

Entre deux mégapoles, on s'est arrêtés dans des petites villes à l'écart de l'autoroute. À vrai dire, elles se ressemblent toutes. On ne peut pas vraiment s'y balader, vu qu'elles possèdent en général une seule grande rue avec un Mac Do, un concessionnaire de voitures et une église pentecôtiste. On a découvert Denny's, une fabuleuse chaîne de *diners* lookés années cinquante. On se croirait dans la série *Happy Days*. Jim y mange au moins une fois par jour un de leurs breakfasts géants, et puis leur carte propose un dessert fantastique, à base de beurre de cacahuètes, qui prouve une fois pour toutes que Dieu existe ! Je dois forcer Jim à manger des fruits pendant le trajet, sans quoi il choperait le scorbut.

On s'entend bien tous les deux. Je ne t'en ai pas vraiment parlé avant mais ça s'est très mal passé la première semaine : des disputes sans fin, des critiques sournoises en voiture. Je commençais à me demander si on n'avait pas fait une énorme bourde. Vivre l'un avec l'autre vingt-quatre heures sur vingt-quatre, c'est si nouveau pour nous. Je crois que le pire est passé. On se sent à nouveau bien ensemble. On peut garder le silence pendant une heure sans éprouver de malaise. Ou jouer – un peu trop souvent – à Iris et Hank, un couple retraité de Buttcheek, dans l'Illinois, en route pour une nouvelle vie dans une communauté du nord de la Floride. Jim me tuerait s'il savait que je t'ai raconté ça !

Passons aux choses sérieuses : comment ça va sous le ciel ensoleillé de Manchester ? Tu ne m'auras pas avec tes commentaires désinvoltes sur Jack, je sais bien que tes hormones sont en ébullition, alors accouche !

Comment va Penelope ? Elle a dû se calmer, non, à l'heure qu'il est ? Et Atsuko ? Et Deborah ? Avec combien de gars sont-elles sorties ?

Il faut que je te laisse. J'ai promis à ma mère d'aller me faire photographier devant l'hôpital où on tourne *Urgences*. Tu crois que je plaisante ? Ah, si seulement !

Grosses bises

Edie

Je venais d'envoyer mon mail à Grace quand ma boîte aux lettres a bipé pour m'annoncer que je venais de recevoir un message. Il était de Grace, justement. Les mails qui se croisent dans le cyberespace, c'est un des trucs qui m'énervent le plus dans la vie. J'ai jeté un coup d'œil à Jim qui était en train d'étudier des cartes routières sur Internet, alors qu'on possède déjà des milliards de guides de voyage en tous genres, et j'ai décidé de prendre le temps de lire puis de répondre.

À : pipelette@hotmail.com
De : graceland@hotmail.com

Salut, Edie,
J'espère que tu vas bien et que tu ne t'es pas perdue à l'autre bout du monde. Je n'ai pas eu de tes nouvelles depuis une éternité. On revient juste d'un concert exceptionnel à Reading. On a dû passer la nuit dans le van, et je n'ai pas du tout apprécié. Jack est un porc. Je le déteste ! Il a une nouvelle coupe débile avec une grosse touffe de cheveux sur le haut du crâne. C'est ridicule. Il s'est acheté un jean Carhartt et une paire d'Adidas, et pendant le concert, les filles n'arrêtaient pas de loucher sur lui. Je ne

comprends pas pourquoi. Elles ont dû penser qu'il avait l'air d'un crétin prétentieux.

Jessie m'a trouvé un surnom, « Dis-Grace », soi-disant à cause de mon jeu de guitare. Et Penelope a rigolé avant d'ajouter que ma chambre devrait être rebaptisée Dis-Graceland[1]. Jessie emménage avec elle au-dessus du café. Maman pense qu'il va s'installer dans ton ancienne chambre mais je crois qu'ils dorment ensemble. Si Penelope continue à me harceler, je vais le répéter à maman, et on verra bien si elle a toujours envie de rire.

Atsuko et Deborah sont sympas avec moi mais elles passent leur temps à courir après les garçons. Est-ce qu'elles ont toujours été comme ça ? Elles vont jusqu'à noter leurs scores respectifs.

Je commence à appréhender la tournée. Je ne crois pas que j'aurai appris tous les morceaux à temps, et en particulier l'enchaînement de la chanson sur les vampires, qui me donne beau-

1. Graceland est le nom de la propriété d'Elvis Presley à Memphis dans le Tennessee. (*N.d.T.*)

coup de mal. Est-ce que tu pourrais me faire un schéma des accords et me l'envoyer ?

Je vais me vautrer devant des DVD d'Ashton Kutcher. Désolée de ne parler que de moi et encore de moi, mais tu es la seule personne susceptible de comprendre.

Écris-moi vite.

Grace

P.-S. : J'allais oublier. À un moment, ma position inconfortable m'a réveillée et j'ai surpris Jack en train de m'observer avec insistance. Je devais avoir les cheveux en bataille, genre saut du lit. Ou plutôt saut du van. Bref, l'horreur.

Je n'ai pas pu m'empêcher de sourire à la lecture du P.-S. À seize ans, le fait qu'un garçon en pince pour moi m'aurait mise dans tous mes états. Mais à cet âge-là, je préférais me torturer avec mon énorme béguin pour Jim dans l'espoir qu'un jour il me promettrait un amour éternel. J'ai regardé de son côté. Il était toujours absorbé par son écran d'ordinateur : à présent, il vérifiait sa boîte Hotmail bien que j'aie toujours été la seule à lui envoyer des messages. Je connaissais un moyen d'attirer son attention.

À : artboy@hotmail.com
De : pipelette@hotmail.com

Je ne peux m'empêcher de m'interroger : c'est toi, le maigrichon mal peigné assis à côté de moi dans un cyber-café de Chicago ? T OK pr convers priV ?
Bip me baby (one more time !)

Ton admiratrice secrète

J'ai ri sous cape en entendant son ordinateur biper puis j'ai commencé à rédiger ma réponse à l'e-mail de Grace.

À : graceland@hotmail.com
De : pipelette@hotmail.com

Dis donc, plus morose, tu meurs ! J'imagine que ce sont les effets d'une nuit passée dans un van.
Alors comme ça, Jack a une crête et des Adidas ? Ça m'a l'air plutôt cool, comme dégaine. J'ai aussi dans l'idée qu'il cherche à impressionner une certaine fille que nous connaissons

toutes les deux (toi, patate !). Tu devrais te détendre un peu avec les garçons en général et Jack en particulier. Et, bon sang de bonsoir ! ne lui montre pas qu'il t'énerve, prends l'air un peu distant quand il te court sur le haricot et balance-lui un sourire mystérieux. Pour ma part, je n'ai jamais été capable de mettre ce conseil en pratique, mais je pense qu'il fera merveille.

La prochaine fois que Jessie t'appelle Dis-Grace, réponds-lui qu'il a un prénom de fille. Et, oui, bien sûr que Penelope et lui dorment ensemble. Enfin, Grace ! Mais ne dis pas à Penelope que je te l'ai dit.

Faut que j'y aille. Dare-dare.

Je t'enverrai le schéma des accords dès que possible mais il faut bien compter une semaine avant que tu le reçoives.

Bises, Edie

P.-S. : Deborah et Atsuko ont toujours été comme ça !

Mon temps d'Internet était presque écoulé. Jim payait nos cafés quand j'ai cliqué sur le message qu'il venait de m'envoyer.

À : pipelette@hotmail.com
De : artboy@hotmail.com

Chère admiratrice secrète,
Votre intérêt me flatte mais je suis déjà engagé dans une relation amoureuse avec une fille qui n'aurait jamais recours à une expression aussi nulle que « bip me baby one more time » dans un e-mail.
Cordialement,

Jim Kowalski (M.)

On a passé la plus grande partie de la journée à se balader et à entrer dans des cafés équipés de l'air conditionné quand la chaleur devenait trop intense. Le reste du temps, on a demandé aux gens de nous indiquer le Chicago County Hospital et, chaque fois, ils nous ont dévisagés comme si on leur proposait d'aller rendre visite à la Mère Supérieure en personne. Qu'est-ce que je ne ferais pas pour cette femme !

2 août

La nuit dernière, Jim n'a pas dormi. Il n'a pas arrêté de se tourner, de se retourner, et de me réveiller par la même occasion. J'ai cru que c'était l'air glacé du ventilateur qui l'empêchait de trouver le sommeil. Je lui ai tourné le dos, histoire qu'il ne me dérange plus et je suis revenue à mon drôle de rêve, dans lequel je participais à la version norvégienne du *Maillon faible*.

Les premiers rayons de soleil filtraient timidement à travers les volets quand je me suis aperçue que Jim n'était plus dans le lit. Je me suis assise et, encore abrutie de sommeil, j'ai balayé la pièce du regard. Assis sur une chaise, sans autre vêtement que son boxer-short, il était plongé dans un des guides de voyage.

— Qu'est-ce que tu fabriques ? ai-je demandé d'une voix endormie. Reviens te coucher, il est... (j'ai jeté un coup d'œil au réveil) cinq heures du matin.

Il s'est tourné vers moi.

— Rendors-toi. Je voulais juste vérifier un truc.

J'ai poussé un grognement pour lui signifier ma désapprobation et je me suis blottie sous les couvertures. Quand je me suis réveillée à nouveau, il était neuf heures et Jim dormait sur sa chaise, la tête posée sur le bureau.

Je me suis levée et je lui ai effleuré le dos. Je sentais chacune de ses vertèbres sous mes doigts. Il n'a pas bougé d'un cil.

Je me suis penchée pour lui caresser les cheveux.

— Jim, ai-je murmuré. Tu vas te payer un mal de dos terrible en te réveillant.

Il a marmonné quelques mots inintelligibles puis a frotté sa tête contre ma main comme un petit chien. Je l'ai secoué avec un peu plus de vigueur, alors il a ouvert les yeux et s'est redressé.

— Aïe, aïe, a-t-il gémi en s'étirant.

— Tu devrais aller prendre une douche. Et ensuite je te ferai un bon massage.

— Peut-être, a-t-il répondu mollement.

— Qu'est-ce qui te prend de te lever au beau milieu de la nuit pour vérifier la route ? l'ai-je taquiné. Tu n'as pas confiance en mon itinéraire infaillible ?

— Pas maintenant, Edie, a-t-il aboyé.

Puis il s'est enfermé dans la salle de bains en claquant la porte derrière lui.

D'abord je n'y ai pas vraiment prêté attention. Jim se montrant grincheux parce qu'il n'avait pas assez dormi, ce n'était pas comme si on ne se parlait plus. Mais, ce matin, il n'a pas touché à son breakfast géant et s'est contenté de répondre par monosyllabes quand j'essayais de savoir quels étaient ses projets pour la journée.

La seule information utile que j'ai pu lui arracher, c'est qu'il en avait marre de Chicago et qu'il souhaitait reprendre la route.

— En théorie, il faudrait qu'on roule vers le

Dakota du Nord, ai-je décrété tandis qu'on quittait la ville. Je vais juste vérifier la route à prendre.

Jim s'est éclairci la gorge.

— Il faut d'abord qu'on en discute.

— C'est ce qui t'a tiré du lit cette nuit ? Je me suis trompée dans l'itinéraire ?

La main de Jim a tremblé – un tremblement à peine perceptible – tandis qu'il changeait de vitesse.

— Je n'ai pas envie de continuer dans cette direction. J'ai changé d'avis.

— Euh, pourquoi ? ai-je demandé en essayant de garder mon calme.

Le visage de Jim s'est assombri.

— Je veux qu'on traverse le Kentucky, puis peut-être le Tennessee, la Louisiane, le Texas, le Nouveau-Mexique et enfin Los Angeles.

Je l'ai dévisagé, incrédule.

— Quoi ?

— Je n'ai pas envie de suivre ton itinéraire, a-t-il jeté avec colère.

— Gare-toi ! ai-je ordonné d'un ton furieux.

Jim m'a ignorée. Je ne savais pas ce qu'il avait en tête et ça me déstabilisait presque autant que son revirement soudain. En général, je vois clair en lui mais là... Là, ça dépassait mes compétences. Son corps était tendu, il serrait si fort le levier de vitesses que les jointures de ses doigts avaient blanchi.

Je me suis penchée pour poser ma main sur la sienne.

— Jim, qu'est-ce qui t'arrive ? ai-je demandé avec douceur.

Il a repoussé ma main.

— Je n'ai pas envie d'en parler, a-t-il dit entre ses dents.

De frustration, j'ai presque hurlé.

— Gare-toi MAINTENANT !

D'un brusque coup de volant, Jim a traversé deux voies sous les Klaxons des autres automobilistes pour aller se ranger sur le bas-côté de la route.

— Tu veux rajouter des semaines entières à notre voyage et je ne dois pas te poser de questions ?

Jim s'est contenté de croiser les bras, le regard ailleurs. Puis, d'un ton agressif, il a lancé :

— Je te demande seulement de faire un effort pour moi. Je ne vois pas où est le problème.

D'un geste furieux, je lui ai agité sous le nez le carnet où j'avais noté notre itinéraire et j'ai commencé à m'énerver. Ce qui n'est pas la meilleure façon de s'y prendre avec les sautes d'humeur bizarres de Jim.

— Tu n'aurais pas pu m'en parler avant qu'on quitte Washington ? On aurait pu s'épargner une semaine de voiture. Il te suffisait de dire : « Edie, je trouve ton itinéraire bidon. Ça fait deux ans que je te bassine avec mon envie de visiter Seattle mais j'ai changé d'avis : je voudrais traverser le Sud profond – ce qui nous prendra des semaines – pendant la période la plus chaude de l'année. » Ce que tu peux être crispant parfois.

Il m'a arraché le carnet des mains et l'a jeté par la fenêtre en m'éraflant le bras au passage avec le bracelet de sa montre.

— Mais qu'est-ce qui t'arrive, bon sang ?

Jim s'est tourné vers moi, ses yeux lançaient des éclairs.

— Si tu m'aimais, Edie, tu me ferais confiance et tu la fermerais une minute !

— Jim, ai-je poursuivi en essayant désespérément de garder mon calme. On est ensemble dans cette galère, d'accord ?

— Tu n'es pas obligée de me parler comme si j'étais intellectuellement déficient, a-t-il coupé.

C'était le pompon.

— Je préfère le terme « retardé », ai-je rétorqué. Tu changes d'avis du jour au lendemain, et moi, je suis piégée vu que c'est toi qui conduis. Je n'ai aucune envie de me retrouver coincée au milieu de nulle part, dans un pays étranger, alors que mon vol est dans six semaines et que mon billet de retour n'est pas remboursable.

— On arrivera pile à temps. On peut repartir, maintenant ?

Il a tourné la clé de contact puis s'est engagé sur la route.

— Tu es incroyable... ai-je commencé.

Mais avant que j'aie pu lui dire à quel point je le trouvais stupide, il s'est penché pour mettre la radio à fond, et mes paroles ont été noyées dans un flot de musique.

— Tu n'arriveras pas à me faire taire, ai-je soupiré. Et pourrais-tu au moins respecter les limitations de vitesse ?

Louisville – Memphis – Nashville

9 août

Ça ne s'est pas arrangé, et encore, c'est un euphémisme. On est arrivés dans le Sud il y a quelques jours. On passe nos journées en voiture sous une chaleur de plomb, au moins trente-cinq degrés à l'ombre. J'ai l'impression de me déshydrater à vue d'œil : c'est le seul moyen que j'ai trouvé pour persuader Jim de s'arrêter toutes les heures afin que j'achète de grandes bouteilles d'eau pour remplacer le liquide que j'évacue en transpirant. Je vis en dos-nu et short en jean, que je lave chaque soir à la main pendant que Jim regarde la télé en silence, l'œil vitreux.

J'ai bien peur qu'il ne soit en train de sombrer dans une sorte de dépression. Je sais que sa mère n'est pas à proprement parler un exemple en matière de santé mentale. Pourtant, je croyais que le départ du père de Jim en était la cause. Maintenant je commence à me demander si ce n'est pas héréditaire. À une ou deux reprises, j'ai pensé appeler Alice, mais, sans trop savoir pourquoi, j'ai le sentiment que ce ne serait pas bien.

Ce qui m'inquiète le plus, ce ne sont pas les silences interminables ou les chambres à lits jumeaux que Jim réserve dans les motels comme s'il ne supportait pas l'idée de me toucher. Non, ce qui m'inquiète le plus, c'est que, chaque fois qu'on arrive dans une nouvelle ville (et jusqu'à présent, au lieu de suivre une ligne droite, on zigzague au hasard à travers le Kentucky et le Tennessee), il me dépose dans le centre (ou, pour être tout à fait exacte, il me pousse pratiquement hors de la voiture) en précisant qu'il reviendra me chercher d'ici une heure ou deux. Parfois il arrive à temps, mais, une fois, je l'ai attendu pendant des plombes dans une chaleur suffocante. Suite au coup de chaud que j'ai pris, j'ai dû rester deux jours au lit à regarder danser les particules de poussière dans la lumière du soleil qui filtrait à travers les rideaux tirés, pendant que Jim était parti Dieu sait où.

J'essaye de lui tirer les vers du nez : pourquoi a-t-il changé d'itinéraire ? Est-ce que c'est moi qui l'exaspère ? Soit il répond qu'il ne veut pas en parler soit il se tait.

Avant, j'avais l'impression de connaître Jim depuis une éternité, mais au cours des neuf derniers jours, il est devenu un étranger. Un étranger silencieux et inaccessible, qui ne me permet même plus de le toucher.

Jackson, Mississippi

11 août

Ce matin, Jim est parti sans prévenir. Quand je me suis réveillée, ses affaires avaient disparu. On avait laissé la plus grande partie de nos bagages dans le coffre de la voiture, la veille. Je n'avais aucun moyen de savoir s'il comptait revenir.

J'ai jeté un coup d'œil circulaire à la pièce puis j'ai vérifié la salle de bains. Je suis même allée faire un tour à la réception du motel. Il s'était comme volatilisé. Je me suis assise devant la porte de notre chambre. Je ne voulais pas retourner à l'intérieur, il n'y était pas, et si je m'étais enfermée dans cette pièce vide, j'aurais dû accepter ce fait établi. Je sentais la panique me gagner. Malgré la chaleur, j'avais des sueurs glacées. Est-ce qu'il reviendrait ? Que faire ? Aller voir la police ? Appeler mes parents ? Non, mauvaise idée. Ils prendraient le premier avion pour me ramener à la maison par la peau du cou.

Je me suis décidée à partir en ville. Je me sentais minable avec mes tongs et mon chapeau de paille rose.

Je me suis vite aperçue, aux regards de désapprobation que je m'attirais, que mon short en jean et ma chemise seventies (que j'avais dénichée dans une fripe de Memphis) avec « Relax ! » écrit dans le dos n'étaient pas une tenue appropriée pour la population très croyante de Jackson. J'ai vu mon reflet dans la vitrine d'une boutique : je ressemblais à une bimbo de bas étage, pas étonnant que Jim ait pris le large.

Au moins, quand j'ai fini par trouver un café climatisé avec l'accès à Internet, la fille derrière le comptoir n'avait pas l'air de sortir des années cinquante. En fait, sa chevelure platine et son corsage de dentelle noire me rappelaient beaucoup Penelope, et j'ai ressenti un tel mal du pays que j'ai failli me mettre à pleurer.

Elle m'a lancé un regard intrigué quand j'ai demandé, avec tout le sang-froid dont j'étais capable, un thé glacé et une heure de connexion à Internet.

Il y avait cinq messages de Grace qui voulait savoir pourquoi je n'écrivais plus. Je les ai parcourus rapidement. Leur contenu était plus ou moins le même. Jack bla-bla-bla. Penelope bla-bla-bla. Je ne sais pas quoi faire bla-bla-bla. Le dernier disait :

À : pipelette@hotmail.com
De : graceland@hotmail.com

Où es-tu passée ? Penelope prétend que Jim et toi, vous vous êtes enfuis à

190

Las Vegas pour vous marier. Ce n'est pas vrai, dis ?

On a commencé la tournée. Ça se passe bien. Enfin, les concerts se passent bien ; Atsuko et Deborah matent tout ce qui bouge, Penelope et Jessie jouent les boss en permanence et disparaissent pendant des heures (tu avais raison, ils couchent ensemble !), ce qui signifie que je suis obligée de passer tout mon temps avec Jack. J'ai essayé de me montrer distante et mystérieuse comme tu me l'as suggéré mais Penelope m'a traitée de bêcheuse. Parfois, avec Jack, on a des sujets de conversation hyperprofonds, comme le fait qu'il existe peut-être des millions de versions différentes de nous-mêmes, qui prennent d'autres décisions dans des univers parallèles. À d'autres moments, on joue à ce jeu où tu dois énumérer les trucs que tu emporterais à un pique-nique en utilisant toutes les lettres de l'alphabet. Tu vois de quoi je parle ?

Bref, s'il te plaît, s'il te plaît, réponds-moi.

Ta copine rock'n'roll

Grace

J'aime beaucoup Grace mais elle a des états d'âme d'adolescente. Je sais, ce n'est pas très sympa de penser ça, mais j'étais coincée dans cette ville de péquenauds, mon dépressif chronique de petit ami m'avait laissée tomber, et en comparaison, ses problèmes de lycéenne me semblaient dérisoires.

Ce qu'elle me racontait me donnait encore plus envie de rentrer par le premier avion, et tant pis pour les sous. La seule personne à qui j'aurais voulu parler, c'était Penelope.

J'ai envoyé un message expéditif à Grace pour lui dire que j'étais toujours en vie, que je n'avais pas épousé Jim et que je lui enverrais un e-mail digne de ce nom dès que possible. Ensuite j'ai fouillé mon sac à la recherche de mon portable que j'ai religieusement rechargé chaque soir.

Après avoir salué la fille derrière le comptoir, je suis sortie dans la rue et j'ai cherché le numéro de Penelope dans mon répertoire. Les doigts tremblants, j'ai hésité quelques instants puis, le souffle court, j'ai appuyé sur la touche « appel ».

Après deux sonneries, j'ai entendu la voix de Penelope.

— Edie ?

— Salut.

— Où es-tu ?

— Dans le Mississipi.

— Oh. Tu voulais parler à Grace ? Ton appel va te coûter une fortune.

— Non, j'appelais juste pour dire bonjour. Pour te dire bonjour. Voilà, c'est fait.

— Tu vas bien ? Tu as une drôle de voix. Jim est avec toi ?

— Oui, ça va. Non, Jim n'est pas avec moi.

— Tu es sûre que ça va ?

— J'aimerais que tu sois là. Tu me manques.

— Ouais, c'est ça.

— Non, c'est vrai, tu me manques. Je... Jim...

— Edie, qu'est-ce qui se passe ? Tu as des ennuis ?

— Non, non, tout va bien. Il faut que j'y aille.

— Attends ! Tu veux que je téléphone à ta mère pour lui dire de te rappeler ?

— Non ! Je vais bien, je n'aurais pas dû t'appeler. Jim arrive, il faut que j'y aille.

À la seconde où j'ai raccroché, j'ai compris que j'avais commis une grosse erreur. Je n'avais pas parlé à Penelope depuis des mois et, brusquement, je lui passais un coup de fil tordu qui soit l'avait mise en colère, soit l'avait suffisamment inquiétée pour qu'elle appelle ma mère. Mais, en entendant sa voix, alors que je me trouvais de l'autre côté du monde, dans une rue où aucun visage ne m'était familier, j'aurais donné n'importe quoi pour être coincée avec eux dans le van inconfortable qui sentait le renfermé. Parce qu'au moins, c'était chez moi.

J'ai acheté deux bouteilles d'eau ainsi que des fruits et je suis rentrée au motel en traînant la patte. Là, je me suis assise, j'ai attendu et j'ai prié pour que Jim revienne. Je me suis verni les ongles de pieds, j'ai fait un nettoyage de peau, épilé mes sourcils, rafraîchi ma frange, fait des exercices de yoga devant des programmes de télé débiles. N'importe quoi pour passer le temps. Mais le ciel s'assombrissait, il se faisait tard et j'ai dû regarder la réalité en face : il ne reviendrait peut-être pas.

J'étais en train de fouiller dans mon sac à la recherche de traveller's cheques, histoire de compter l'argent qu'il me restait si je décidais de rentrer à la maison, quand je suis tombée sur le mail imprimé que Jim m'avait envoyé à Chicago. L'inquiétude et la peur que j'avais réprimées tout au long de la journée ont brusquement fait surface et j'ai éclaté en sanglots en serrant la feuille de papier contre ma poitrine. Ce n'était pas le genre de larmes que je verse quand je me dispute avec quelqu'un ou que je regarde le passage de *Lost In Translation* où il lui touche le pied. Là, mon corps était littéralement secoué de sanglots. Je n'arrivais même plus à me lever. Je me suis laissée tomber entre le mur et le lit et j'ai pleuré. Mon cœur était en mille morceaux.

J'ai titubé jusqu'à la salle de bains et je me suis plantée devant le miroir comme si c'était la solution pour m'arrêter de pleurer. Le chagrin me déformait le visage, ma bouche était enflée, mon nez coulait et j'avais les yeux gonflés de larmes. Je me suis aspergé la figure d'eau froide et j'ai respiré profondément. Pleurer ne servait à rien. Il me fallait un plan. J'avais besoin de m'asseoir et de réfléchir car, jusqu'alors, j'avais nié le problème. J'envisageais maintenant sérieusement d'aller trouver la police pour leur signaler la disparition de Jim : j'avais peur que, dans sa détresse, il n'ait commis une bêtise.

Je suis sortie de la salle de bains en essuyant mes larmes avec une serviette. Et soudain, j'ai aperçu Jim sur le seuil. On a échangé un long regard. J'étais si soulagée de le voir que je n'ai pas réagi tout de suite. Mais très vite, mon soulagement a laissé place à une rage folle.

Je me suis jetée sur lui et je l'ai giflé à toute volée. Le son s'est répercuté dans toute la pièce. Pourtant, Jim n'a pas bougé, son visage ne trahissait aucune expression. Moi, j'étais déchaînée. Je l'ai frappé à coups de poing en hurlant :

— Tu as une idée de ce que je viens de vivre ?

Il me regardait comme s'il me voyait pour la première fois.

— J'ai cru que tu ne reviendrais plus, que tu avais eu un accident. J'étais folle d'inquiétude.

J'ai cessé de le frapper à l'aveuglette et je l'ai serré contre moi, assez fort pour lui briser une côte.

D'une main, il m'a caressé doucement les cheveux tandis que, de l'autre, il traçait de petits cercles dans mon dos.

— Je suis désolé.

J'ai reculé pour le regarder dans les yeux. En voyant mon visage marbré et bouffi, il a cillé.

— Quand tu as un problème, tu m'en parles, ai-je réussi à articuler entre deux sanglots. Ne me refais plus jamais un coup pareil. Et tu as une mine affreuse.

Il a souri, ce qui a fait ressortir encore davantage les cernes sous ses yeux et la crasse sur ses joues.

— Je suis désolé, a-t-il répété en resserrant son étreinte.

C'est alors que j'ai remarqué quelqu'un près de la porte ouverte, un homme grand aux traits vaguement familiers.

— Tu es prêt ? a-t-il demandé à Jim.

Je les ai regardés tour à tour, et au moment même où l'idée s'est formée dans mon esprit, Jim s'est tourné vers moi :

— Edie, je te présente mon père.

J'ai cru que j'allais avoir une crise cardiaque. J'avais devant moi la réplique de Jim, version bedonnante, avec des traits creusés par l'âge et des cheveux brun foncé striés de blanc. C'était déconcertant, cet homme qui me regardait avec les yeux verts de Jim. Je suis restée sans voix, jusqu'à ce que Jim me secoue gentiment.

— Edie, prends tes bagages. On va chez Lenny et Estella.

— Qui ? ai-je réussi à demander.

Jim a rassemblé en hâte mes affaires. Je l'ai suivi dans la salle de bains où il était allé chercher ma trousse de toilette et j'ai fermé la porte.

— Qu'est-ce qui se passe ?

— Je te promets que je te raconterai tout plus tard. S'il te plaît, patiente encore un petit peu.

J'ai fermé les yeux une seconde : j'avais l'impression que la pièce tanguait autour de moi. Quand je les ai rouverts, je me trouvais toujours dans la salle de bains d'un motel avec Jim, et son père nous attendait derrière la porte.

— O.K., ai-je fini par dire.

Je n'ai pas attendu Jim. Je suis retournée dans la chambre, j'ai mis mes tongs et je suis sortie d'un air digne.

Dans un camping à Jackson, Mississippi

Dans la voiture, Jim et Lenny ont échangé des propos décousus au sujet des curiosités locales et de la durée de notre séjour. À une ou deux reprises, Jim a essayé de me parler, mais j'avais du mal à trouver les mots pour lui répondre, j'étais encore sous le choc. Ça ne s'est pas arrangé quand on s'est garés devant une caravane et qu'une blonde au teint hâlé m'a presque soulevée du sol pour me serrer contre sa poitrine manifestement siliconée.

— Oh, tu dois être Edie, a-t-elle lancé avec un accent du Sud ridicule. Tu es mignonne à croquer. Lenny, n'est-elle pas adorable ?

Lenny s'est tortillé, l'air mal à l'aise, et je me suis rendu compte que j'en avais oublié d'être polie.

— Bonjour, ai-je dit timidement. Ravie de vous connaître.

Bon, d'accord, c'était plutôt nul comme entrée en matière, mais ce genre de situation ne figure pas dans les manuels de savoir-vivre.

— J'adore ton accent, a gloussé Estella en me prenant par l'épaule pour m'emmener à l'intérieur. Tu as dû avoir une sacrée surprise en voyant débarquer Jim avec son père dont il avait perdu la trace depuis si longtemps et...

Je ne l'écoutais plus : sur un horrible canapé à fleurs se trouvaient deux Jim miniatures.

— Maman, pourquoi elle nous regarde comme ça ? a demandé l'un d'eux.

— Oh, je vais de surprise en surprise, ai-je dit pour faire un peu d'humour mais l'hystérie perçait dans ma voix.

Je me suis tournée vers Jim.

— Il me reste autre chose à découvrir ? Tu as des grands-parents installés dans la caravane voisine ?

— Oh là, ma puce ! Toi, tu es en colère, a coupé Estella en me touchant le bras. J'ai dit à Jim que ce n'était pas bien de jouer les cachottiers. On est contents de vous avoir ici. Toute la famille de Lenny à nouveau réunie.

J'étais tentée de répondre : « Non merci, j'ai déjà une famille, mais bon, la politesse... Alors, un peu crispée, j'ai souri à Estella en lui tapotant la main. Après tout, ce n'était pas sa faute à elle.

— C'est très sympa, chez vous. Vous avez une jolie mai... caravane. Vous l'avez bien décorée.

Estella m'a fait un sourire radieux.

— Vous allez devoir dormir avec les jumeaux. Vous partagerez une couchette et ils dormiront dans l'autre. Heureusement que vous n'êtes pas épais, tous les deux !

Au dîner, l'ambiance était tendue. La femme de Lenny nous avait préparé un rôti de bœuf alors qu'il faisait plus de trente degrés dehors. Je me suis forcée à manger. Je ne pouvais pas m'empêcher de fixer Lenny, puis Jim et enfin les deux avortons qui me lançaient des regards noirs. C'était tellement irréel qu'à un moment j'ai eu une crise de fou rire ; j'ai réussi à faire croire que j'avais avalé de travers et, tandis qu'Estella partait remplir mon verre d'une boisson chimique répondant au nom de Kool Aid, Jim m'a pincé la cuisse sous la table.

Je n'arrivais pas à communiquer avec Lenny. Des quatre, c'était lui que je trouvais le plus flippant. De temps à autre, je sentais son regard peser sur moi, mais, le plus souvent, il ne quittait pas Jim des yeux, comme s'il cherchait à mémoriser chaque centimètre de sa peau. Apparemment, depuis qu'il avait abandonné sa famille et démissionné de son poste d'enseignant à la fac d'arts plastiques (celle où est inscrit Jim !), il n'avait pas cessé de vagabonder. Il avait vécu dans chacun des endroits qu'on avait visités ces deux dernières semaines. À Nashville, il s'était mis en ménage avec Estella. Les mini-Jim étaient entrés en scène neuf mois plus tard. Depuis, la famille n'avait pas d'adresse fixe. Pour gagner sa croûte, Lenny avait peint des enseignes, joué de la guitare dans un groupe de musique country, réalisé des vidéos de combats de boue et exerçait à présent le métier de photographe professionnel dans les mariages. Ce que je trouvais plutôt ironique de la part de quelqu'un qui avait manifestement beaucoup de mal à s'engager.

Après le dîner, Jim m'a proposé d'aller nous balader. Après qu'Estella nous a donné une lampe électrique en nous recommandant de faire attention aux serpents (vous avez bien lu, des serpents !), il m'a pris la main pour m'emmener dehors.

On a marché en silence pendant quelques minutes jusqu'à ce qu'on trouve un petit coin d'herbe pour s'asseoir. Jim a essayé de me prendre la main mais je l'ai ignoré.

— Explique-toi.

Dans l'ensemble, j'avais déjà deviné. On avait suivi la trace de Lenny. Tous les jours, Jim disparaissait pour vérifier la dernière adresse connue de son père et récolter d'autres indices. Il projetait de retrouver Lenny depuis Washington et sa traque avait eu pour point de départ Chicago. Il était arrivé au camp ce matin et, avec Estella, il avait attendu la journée que Lenny rentre d'un mariage à Utica...

Quand Jim est arrivé au bout de sa triste histoire, il s'est allongé dans l'herbe. L'air était saturé du parfum des magnolias, les stridulations des criquets se mêlaient au murmure du trafic de l'autoroute voisine.

J'ai ramené mes genoux contre ma poitrine.

— Pourquoi ne m'as-tu rien dit ? ai-je demandé calmement.

Même si, au fond de moi, j'étais tout sauf calme.

— Parce que tu aurais essayé de m'en empêcher, a répliqué Jim.

Sa réponse m'a blessée.

— Tu n'en sais rien. Si tu m'avais expliqué que cette démarche était indispensable à ton bonheur, j'aurais compris.

— Écoute, je ne pouvais pas m'occuper à la fois de toi et de mon projet, a-t-il admis. Je ne pensais qu'à mon père. Tu ne sais pas ce que c'est d'être abandonné par quelqu'un.

— J'en ai eu un bon aperçu ce matin à neuf heures, ai-je ironisé.

Jim s'est décomposé.

— Tu ne comprends pas. Je devais le retrouver. Il fallait que j'obtienne des réponses à mes questions.

— Je comprends très bien, ai-je rétorqué, piquée au vif.

— Non !

Jim s'est assis sur ses talons, face à moi.

— Tu ne vois donc rien ? Je suis terrifié à l'idée de finir comme lui. De ne jamais être capable de rester au même endroit avec la même personne. Je voulais absolument le retrouver pour connaître le pourquoi de ses agissements.

— N'importe quoi ! Tu n'es pas comme ton père. D'accord, tu as hérité de son ADN, mais ça ne signifie pas que tu es la copie conforme de ce type. Sans blague, est-ce que je ressemble à ma mère ? Et tu as intérêt à bien réfléchir avant de répondre.

Jim a souri.

— Tu ne lui ressembles pas trait pour trait mais vous avez certaines expressions assez flippantes en commun.

Je lui ai fait une grimace.

— Et au sujet des lits jumeaux et de tes disparitions subites ?

Jim a pris sa tête dans ses mains.

— J'ai mal agi. J'en suis désolé. Parfois, je me renferme tellement que même toi, tu ne peux pas m'aider. D'ailleurs, je n'ai pas envie qu'on m'aide et c'est pour cette raison que j'ai agi comme si tu n'étais pas là.

— Tu passes ton temps à me demander de te faire confiance. Mais quant à ME faire confiance, tu en es incapable, pas vrai ? J'aurais pu être là pour toi. Tu n'étais pas obligé de traverser seul cette épreuve.

— J'en suis conscient maintenant et je te demande pardon, a répondu Jim en me caressant la jambe.

Il s'est penché pour m'embrasser mais je n'ai rien ressenti.

— Je ne sais plus qui tu es.

J'ai posé la main sur sa poitrine. Je sentais les battements réguliers de son cœur.

— Il n'y pas assez de place pour moi là-dedans.

Je me suis levée. Jim n'était plus celui que je connaissais. Il était des leurs, il était avec ces gens dans cette caravane. Lenny, les avortons, et puis sa mère que je n'avais jamais rencontrée. Eux comprenaient sans doute comment il fonctionnait, mais, pour ma part, je n'y entendais rien.

— Ça ne marche plus du tout, nous deux, ai-je dit d'une voix tremblante. Ce qui est fait ne peut être défait. Tu ne m'aimes pas...

— Mais si !

— Non, tu ne m'aimes pas. Ou alors tu m'aimes mal. Tu ne m'as pas protégée en me tenant à l'écart, tu m'as juste rayée de ta vie. Et je ne peux pas... je ne veux pas rester avec quelqu'un qui ne me fait pas confiance.

— Alors, tu me quittes ? a demandé Jim d'une voix étranglée. Tu rentres chez toi ?

— Non, je reste avec toi parce que tu as besoin d'une amie. Mais c'est tout ce que j'ai à t'offrir, mon amitié. Pas de sexe, pas de mains baladeuses. Mon cœur ne t'appartient plus, tu n'auras plus l'occasion de le piétiner.

Et je l'ai laissé seul agenouillé dans l'herbe haute. Parce que si j'étais restée une minute de plus, il aurait vu les larmes couler sur mes joues.

14 août

J'ai passé la plus grande partie de l'après-midi au bord d'une rivière asséchée à balancer mes pieds au-dessus d'un filet d'eau tout en gardant un œil sur Johnny et Hank, les demi-frères de Jim âgés de quatre ans ; les fils de Lenny, père de Jim, et d'Estella, esthéticienne de vingt-cinq ans originaire de Tallahasee. Johnny et Hank, baptisés d'après Johnny Cash et Hank Williams, des chanteurs de musique country. Note perso : Jim comme Jim Morrisson. Les pièces du puzzle commencent à s'ordonner dans ma tête.

Je me suis levée pour rejoindre Johnny et Hank. Je n'arrive pas à les différencier et, de leur côté, ils ne comprennent pas un mot de ce que je leur raconte.

— Qu'est-ce que vous faites ?

— On cherche des alligators, m'a expliqué l'un d'eux. Pour leur donner des coups de bâton.

Qu'est-ce qu'on peut répondre à ça ?

J'ai l'impression d'assister à l'enregistrement d'une émission de Jerry Springer[1].

En fait, je me sens bien. Après toutes ces heures passées sur la route, c'est bon de se poser. Estella est adorable. Elle est folle amoureuse de Lenny (on ne peut pas dire que ce soit réciproque). Elle ne se préoccupe que du bien-être des autres. Et si elle ne parvient pas à les rendre heureux, elle s'arrange au moins pour qu'ils soient beaux. C'est pourquoi elle insiste pour me permanenter les cheveux.

Jim et moi, on doit dormir dans un lit qui mesure moins d'un mètre de large. Voilà ce qui s'appelle une violation flagrante de la règle que j'ai établie : pas de contact physique. Je suis obligée de me coller contre le mur, histoire de ménager entre nous un espace large

1. Star de la télé-réalité aux États-Unis. (*N.d.T.*)

comme une feuille de papier. Jim passe le plus clair de son temps avec Lenny, qui se révèle aussi peu bavard que son fils. Et je reste avec Estella. Elle me vernit les ongles et me raconte que quand elle aura obtenu son certificat d'esthéticienne, ils s'installeront à Hollywood.

— Edie ? Pourquoi tu fais cette tête ?

Quand j'ai émergé de ma rêverie, Johnny et Hank me dévisageaient avec le même air d'incompréhension sur le visage. Décidément, ils doivent penser que « l'Anglaise » est bizarre.

— Je réfléchissais.

Je ne sais pas parler aux mômes en général, et à ces deux-là en particulier. Quand je leur ai demandé ce qu'ils voulent faire quand ils seront grands, Johnny m'a répondu qu'il se fera appeler Fred, et Hank qu'il voudrait être un lapin. Déjà cinglés.

J'étais en train de leur apprendre à siffler avec un brin d'herbe quand j'ai vu Lenny venir vers nous. Johnny et Hank se sont jetés sur leur père et ont commencé à lui grimper dessus.

— Le dîner est prêt.

Lenny a demandé aux garçons de marcher devant. Puis il m'a demandé d'une voix tranquille :

— Qu'est-ce qui se passe avec Jim ?

J'ai haussé les épaules.

— Qu'est-ce qu'il vous a dit ?

— Que tu lui en veux d'être parti à ma recherche,

a répondu Lenny en me regardant droit dans les yeux. Je n'aime pas le voir souffrir.

J'ai poussé un gros soupir et j'ai compté jusqu'à dix. Lenny est un adulte : toujours difficile d'enguirlander un adulte, surtout si c'est un père, mais là, il poussait le bouchon un peu loin.

— Ce n'est pas moi qui le fais souffrir ! Ce qui se passe entre lui et moi, ce n'est pas votre problème. Jim n'est pas votre problème, alors arrêtez de jouer les personnes concernées.

Lenny a levé un sourcil : à cet instant, il me rappelait tellement Jim que j'en ai eu mal au ventre.

— Ce n'est pas parce que je suis parti que j'ai cessé de l'aimer, a-t-il rétorqué.

— Eh bien, je n'ai pas cessé de l'aimer non plus. Seulement, je ne veux pas m'engager avec quelqu'un qui... Je n'ai pas envie d'en discuter avec vous.

J'ai croisé les bras et je lui ai lancé un regard noir. Il a souri, ce qui n'a pas arrangé mon humeur.

— Je sais que vous me prenez pour une petite idiote mais je vous préviens : si vous lui faites encore du mal, vous aurez affaire à moi.

D'accord, j'ai eu une réaction stupide, exagérée. Au lieu de rire, Lenny a hoché la tête :

— Jim a de la chance d'avoir une amie comme toi, m'a-t-il dit le plus sérieusement du monde.

15 août

Hier soir, je me suis couchée avant Jim. Je n'arrivais pas à trouver le sommeil. J'ai jeté un coup d'œil au réveil : il était deux heures du matin.

Un bruit de voix m'est parvenu du dehors. J'ai essayé de ne pas écouter. Mais plus je me donnais du mal pour les ignorer, plus les voix me paraissaient distinctes.

— Ta mère et moi... on ne s'est jamais entendus... j'étais un mauvais père... j'avais trop de colère et d'amertume en moi.

— Je me souviens.

La voix de Jim était glaciale.

— Je n'ai pas cessé de penser à toi mais tu t'en sortais mieux sans moi. Je t'ai laissé beaucoup d'argent, pas vrai ?

— Tu veux dire que TOI, tu t'en sortais mieux sans moi. Tu ne m'as jamais envoyé la moindre carte d'anniversaire ou de Noël.

— Je croyais agir pour ton bien.

Un silence.

— Bon, et avec la petite ?

— Elle s'appelle Edie.

— Elle est très jeune.

— Pourquoi on me répète toujours cette rengaine ? Elle a dix-neuf ans et je n'ai que vingt-deux ans, au cas où tu l'aurais oublié.

— À ton âge, j'étais déjà père.

— Eh bien, je ne vais pas commettre les mêmes erreurs.

— Edie n'est pas comme ta mère... Elle est très forte.

— Tu n'as pas le droit de dire ça. Tu as abandonné maman après avoir bousillé sa vie. Tu crois que je ne suis pas au courant pour tes maîtresses ? Tu crois que je ne me souviens pas que tu puais l'alcool quand tu m'emmenais à l'école ? C'est toi qui as fait d'elle ce qu'elle est.

— Tu as raison. Mais si j'étais resté...

— On ne le saura jamais.

— Je dis juste que cette petite, c'est une forte tête. Il te faut une femme comme elle.

— Edie n'est pas si costaud. Elle s'éparpille beaucoup. Elle change de jour en jour. Quand je suis avec elle, je me sens comme...

— Comme quoi ?

— Je n'ai pas envie d'en discuter avec toi. Tu ne la connais pas... Elle évolue si vite, elle court dans tous les sens, et moi, j'essaie de suivre en espérant que quand elle aura décidé de se poser, je serai dans le coin.

— Tu peux tout réussir, Jim. Tu pourrais t'installer ici. T'inscrire dans une très bonne école d'art.

— Tu ne m'écoutes pas. Je ne veux pas devenir comme toi. Je ne veux pas passer ma vie à courir après un rêve qui n'existe pas, aux dépens du bonheur des autres. Tant pis si je reste coincé à Manchester, tant pis si Edie change...

— Vous, les jeunes, vous croyez que l'amour dure toujours. Ce n'est pas le cas, Jim. Tu ne peux pas savoir à quoi va ressembler cette petite d'ici quelques années. Si elle a tourné la page, tu devrais peut-être l'imiter.

— Va te faire foutre ! a aboyé Jim. Tu ne comprends rien. Les gens ne sont pas forcément de passage. Edie et moi, on était faits l'un pour l'autre. Elle m'a rendu meilleur et je l'ai perdue. Je ne veux pas tourner la page. Je veux rester le même, avec elle.

J'ai entendu Jim se glisser à l'intérieur de la caravane. Il s'est allongé puis il a fait mine de se rapprocher. Alors, en feignant un profond sommeil, je me suis collée contre le mur, car s'il m'avait touchée, j'aurais perdu tous mes moyens. Et soudain il s'est mis à pleurer. Des sanglots étouffés. Quand je me suis tournée vers lui pour lui demander ce qui n'allait pas, il s'est pratiquement jeté dans mes bras. Je l'ai serré contre ma poitrine et je lui ai caressé les cheveux en murmurant des paroles réconfortantes qui ne signifiaient pas grand-chose.

Mississippi – Tennessee

17 août

Je suis si contente d'avoir repris la route ! Jim a l'air plus calme, après sa crise de larmes. Toute cette souffrance qu'il avait accumulée, il fallait bien que ça sorte. On a recommencé à communiquer. Tant mieux, sauf que mon nouveau statut de meilleure amie me plaît beaucoup moins que celui de petite copine.

D'accord, c'est ma décision. Donc il faut que je me donne l'air gai, optimiste, histoire de prouver que c'était la bonne. Le hic, c'est que je ne me sens ni gaie ni optimiste.

Enfin, je suis soulagée qu'on ait laissé la caravane derrière nous. Regarder vivre Estella et Lenny n'était pas vraiment mon occupation favorite. Ça me rendait folle qu'elle lui demande sans arrêt son avis au sujet de tout et de rien. Et puis elle commençait presque toujours ses phrases par « Lenny pense que » ou encore « Lenny dit que ». Ce n'était pas son côté nunuche qui me tapait sur les nerfs, c'était plutôt son amour éperdu pour un homme qui ne l'aimait pas en retour. À mon avis, Lenny n'aime personne. Même pas lui-même. Pour reprendre l'expression de ma grand-mère, c'est « une âme en peine ».

Ce qui explique sans doute pourquoi il était introuvable hier matin quand on a fait nos adieux. J'ai embrassé Estella en lui promettant de garder contact et j'ai même réussi à ébouriffer les tignasses des deux mini-Jim sans tressaillir (risque de poux). Puis ç'a été au tour de Jim d'être pressé contre les imposantes prothèses mammaires bonnet E d'Estella et de se battre pour de faux avec Johnny et Hank. Ensuite, on a fait les cent pas en attendant que Lenny se montre. Estella essayait de lui trouver des excuses.

— Jim, allons-y, ai-je fini par dire. Il n'aime peut-être pas les adieux.

— Ce n'est pas nouveau, a remarqué Jim d'un ton lugubre en montant dans la voiture.

— Fais attention à toi, ma puce, a pleurniché Estella. Et toi, Jim, ne sois pas trop dur avec ton papa. Je sais qu'il est très fier de toi, seulement il ne montre pas ses sentiments et...

— Démarre, ai-je ordonné en claquant la portière. Ou on ne partira jamais d'ici.

Estella en était encore à excuser le comportement de Lenny quand on s'est éloignés. Je lui ai fait signe jusqu'à ce qu'elle ait disparu à l'horizon.

J'ai jeté un coup d'œil à Jim.

— Ça va, toi ?

— Oui, je ne pouvais pas m'attendre à autre chose de sa part.

— Comme l'a dit Estella, je crois qu'il est incapable d'exprimer ce qu'il ressent, ai-je risqué. Écoute, il nous reste du chemin à parcourir. Je vais choisir une cassette, et toi, ne t'occupe que de la route.

Jim m'a fait un pâle sourire.

— Merci, Edie.

— De quoi ? De te donner des ordres ? ai-je demandé en riant.

— Tu sais bien pourquoi, a-t-il murmuré.

J'ai monté à fond le volume d'*America's Sweetheart*, l'album de Courtney Love. Soudain, on a aperçu Lenny qui attendait sur le bord de la route.

J'aurais préféré que Jim continue à rouler mais il s'est garé sur le bas-côté. Lenny a ouvert la portière arrière avant de jeter un sac sur la banquette. Mon système d'alarme interne s'est mis à clignoter. Quant à Jim, il a bondi de la voiture.

— Qu'est-ce que tu fais ? a-t-il demandé à Lenny.

— À ton avis ? a répondu son père. Je veux quitter cette ville. J'ai besoin de prendre un nouveau départ.

J'ai décidé de ne pas m'en mêler. J'ai éteint le radiocassette et je me suis plongée dans l'un des guides de voyage. Jim devait régler le problème tout seul.

Il a pris le sac sur la banquette et l'a rendu à Lenny.

— Tu ne peux pas venir avec nous, a-t-il décrété d'un ton sévère. Tu as une famille à nourrir.

J'ai réglé le rétroviseur pour avoir une vue imprenable sur ce qui se passait derrière moi. Lenny avait posé la main sur l'épaule de Jim.

— Tu ne comprends pas. Je me sens piégé. Il faut que je retrouve ma liberté.

Jim a repoussé la main de son père.

— Non, ce qu'il te faut, c'est le sens des responsabilités. Pour une fois dans ta vie.

— Jim...

— Non, n'essaie pas de te trouver des excuses, a coupé Jim d'une voix lasse. Tu ne peux pas fuir chaque fois que les choses se corsent. Estella ne jure que par toi – pourquoi, je n'en sais rien – et tes deux fils ont besoin d'un père.

Les épaules basses, Lenny semblait vaincu.

— Je pensais que ce serait sympa de resserrer les liens avec toi.

Jim n'a pas eu l'air convaincu.

— C'est trop tard pour nous deux mais tu peux encore retourner dans ta fichue caravane et commencer à te comporter en adulte.

Jim est remonté dans la voiture et Lenny s'est appuyé contre la vitre baissée.

— Ne me hais pas trop, Jim, a-t-il dit avec un sourire désabusé. Et ne m'oublie pas.

Jim a serré la main de Lenny dans un geste maladroit d'amitié virile.

— Il n'y a pas de risque que je t'oublie. Maintenant, il faut qu'on y aille.

J'ai adressé à Lenny un petit signe de la main.

— Bon, au revoir. Prenez soin de vous, ai-je lancé d'un ton que je voulais rassurant.

« Et soyez gentil avec Estella », ai-je ajouté en moi-même.

Lenny m'a souri.

— J'espère que ça marchera, vous deux. Allez, fichez le camp.

Et on est partis, cette fois pour de bon.

Je me suis tortillée sur mon siège avant d'échanger un regard horrifié avec Jim.

— Dis-moi que je rêve ! me suis-je exclamée, abasourdie.

— Non, tu ne rêves pas.

— Tu es triste ?

Jim a réfléchi quelques instants avant de répondre, l'air surpris :

— En fait, non. Je me sens bien. Comme si j'avais réussi à me débarrasser d'une partie de mes démons.

— Une partie ? ai-je demandé en feignant l'effroi. Il en reste encore ?

— Toi, tu es une sacrée comique, a répliqué Jim d'un ton sarcastique. On a connu pas mal de déboires, le plus souvent par ma faute, mais je suis sûr que le séjour va bien se terminer.

— Tais-toi, tu vas nous porter la poisse !

— Merci, Miss Optimisme !

Bossier City, Louisiane

22 août

À : pipelette@hotmail.com
De : graceland@hotmail.com

Edie, où es-tu passée ? On es tous
furieux après toi et morts d'inquiétude. Surtout Penelope.
S'il te plaît, s'il te plaît, écris.

Grosses bises, Grace

P.-S. : Ton téléphone ne marche plus !

À : graceland@hotmail.com
De : pipelette@hotmail.com

Salut, Grace,
Eh oui, c'est moi ! Je sais, je me
fais rare. Je te demande pardon de ne
pas avoir donné de nouvelles. C'est

une longue histoire. Il y a eu beaucoup de rebondissements, d'où mon coup de fil hystérique à Penelope. Je ne sais pas comment t'annoncer le scoop, alors autant y aller franchement : avec Jim, on s'est séparés. Il y a des tas de raisons, mais la principale, c'est qu'on n'est plus les mêmes que quand on a commencé à sortir ensemble. On est restés bons amis : peut-être qu'on avait confondu l'amitié avec un autre sentiment. J'ai tellement ri ces derniers jours, et puis on est plus relax l'un avec l'autre qu'on ne l'a jamais été. Crois-moi, les jours qui ont précédé notre rupture manquaient sacrément d'humour et de légèreté.

On a séjourné quelque temps dans le Mississippi. Depuis, on a pris tant de retard sur notre itinéraire qu'on est remontés jusqu'à Memphis, histoire de visiter Graceland. Rien à voir avec ta chambre ! On a acheté des tonnes de babioles ringardes siglées Elvis et une cassette karaoké, notre nouveau passe-temps favori en voiture.

Là, on traverse la Louisiane et on devrait être au Texas ce soir.

J'espère que tu vas bien et que tu t'éclates en tournée. Comment ça se passe avec Jack ? Vous vous êtes enfin embrassés, depuis le temps ?

Je t'embrasse fort. Et transmets mes excuses à Penelope pour le coup de fil. Fais-lui de grosses bises de ma part.

Edie

Austin, Texas

24 août

Le Texas, c'est grand. Dans le plus vaste État d'Amérique, les hommes portent des bottes et un chapeau de cow-boy avec leur costume-cravate, et ils n'ont pas un gramme d'ironie. Sans parler de leur accent bizarre.

Avec Jim, on a passé plusieurs jours très chouettes. Maintenant qu'il n'y a plus d'itinéraire, on se balade d'un endroit à l'autre et on apprécie autant le voyage que les escales.

J'avais tort de penser qu'on pourrait rester amis. On n'est pas amis. On est un couple qui vient de se séparer et qui essaie tant bien que mal de prendre les choses du bon côté.

Après tout ce que Jim m'a fait endurer, je l'aime encore. Et même si j'ai conscience de ne pas pouvoir rester avec quelqu'un qui refuse de me laisser entrer dans sa vie, il y a tant de petits riens qui me manquent. Comme la main qu'il posait sur mon genou quand il conduisait, ou encore ces glaces écœurantes qu'on se partageait. Mais ce qui me manque le plus, ce sont les nuits torrides dans les chambres de motels, Jim tout contre moi, son odeur, son goût et le contact de sa peau. Je me sens si nostalgique.

Dans les *diners*, il suffit d'un frôlement de sa jambe sous la table pour me couper l'appétit. Et la nuit, quand j'entends la respiration régulière de Jim et que je regarde à la dérobée la courbe de son dos et de ses épaules, j'ai une envie folle de ramper jusqu'à son lit pour le toucher. Le pire, c'est en voiture, quand il se penche pour changer de cassette. Ou lorsque la chaleur est si intense qu'il enlève son tee-shirt pour conduire torse nu et qu'il me demande en plus de lui étaler de la crème solaire sur le dos.

On ne parle pas de nous deux. On parle de tout sauf de nous deux. Je l'écoute disserter sur ses œuvres et sur l'inspiration qu'il puise dans ce voyage, ou hésiter pendant une demi-heure au sujet du menu de son prochain dîner, et je l'aime encore plus. Non, Edie ! Mauvaises, mauvaises pensées !

El Paso, Texas

25 août

Jim a décidé de m'apprendre à conduire. C'est une idée débile, pour des tas de raisons : d'abord, j'ai beaucoup de mal à me concentrer, ensuite je suis nulle en coordination des mouvements, et enfin je suis incapable de parler tout en faisant autre chose.

— J'en ai ras le bol de conduire, s'est plaint Jim. À ton tour.

On se trouvait à plus de trois cents kilomètres d'El Paso, la ville où on avait prévu de passer la nuit.

— Non, ai-je répondu dans un souffle. Je ne sais pas. Je n'ai jamais pris de leçons.

Ce n'était pas un argument pour Jim.

— C'est facile. La route est droite, tu n'as pas besoin de toucher au volant. Tu mets le pied sur l'accélérateur et quand tu veux t'arrêter, tu appuies sur la pédale de frein.

— Mais... et le levier de vitesse ? ai-je demandé, terrifiée. Non, il est hors de question que je conduise. On va se faire arrêter par la police. Ils vont nous expulser du pays. Ma mère va me tuer !

Jim a arrêté la voiture.

— Ne t'inquiète pas. C'est une automatique. Tu passes en position « conduite » et ensuite tu n'as plus rien à faire. Allez, on n'a pas croisé d'autre voiture depuis des lustres. La prochaine ville est à des kilomètres et j'ai un mal de dos terrible.

— Tu veux un massage ? ai-je suggéré d'une voix faible. Enfin, il n'est pas question que je te touche mais...

— Oh, allez, Edie. Ne joue pas les poules mouillées.

Je lui ai jeté un regard noir.

— Je ne joue pas les poules mouillées. Je suis très sérieuse.

— Cot, cot, cot !

— Très bien, ai-je aboyé en débouclant ma ceinture. Mais si on y passe, il ne faudra pas te plaindre !

Il n'y a rien de pire que de conduire. Il faut garder un œil sur tout et c'est ennuyeux à mourir.

Jim a fait de son mieux pour m'encourager. Au bout d'un certain temps, il a calé ses pieds sur le tableau de bord et mis la cassette d'Hank Williams qu'il a achetée en souvenir de son petit démon de demi-frère.

— Éteins-moi ça, ai-je ordonné. Mets quelque chose que je connais, sinon je ne peux pas me concentrer. Conduire et écouter un truc nouveau, c'est trop pour moi. Et arrête de me parler.

— C'est toi qui me parles, a protesté Jim.

— Je t'ai dit de ne pas me parler !

Au bout de cent cinquante kilomètres, Jim a eu pitié de moi et il a repris sa place au volant. Au fond, j'étais sacrément fière. Conduire, c'est un truc d'adulte. Mais la tension et les efforts que j'avais fournis pour rester concentrée m'avaient donné une migraine atroce. Je me suis massé la nuque et j'ai fermé les yeux.

Quand je me suis réveillée, on était arrivés à El Paso, et Jim s'engageait sur le parking d'un motel.

En m'extirpant de la voiture, j'ai failli tomber. Jim s'est précipité vers moi.

— Ça ne va pas ? a-t-il demandé d'une voix inquiète.

— Je suis fatiguée et j'ai mal à la tête, ai-je marmonné. Viens, allons réserver une chambre et manger un morceau histoire que je puisse vite me coucher.

Je me suis affalée sur le lit, pendant que Jim s'occupait des bagages. Je me sentais bizarre, j'avais l'impression de flotter.

J'ai senti le lit s'enfoncer : Jim venait de s'asseoir dessus.

— Edie ? Ça fait trois fois que je te demande comment tu te sens, a-t-il dit en me touchant le front. Tu as de la fièvre.

Je me suis redressée tant bien que mal, j'avais un accès de vertige.

— Ce n'est rien, c'est la chaleur. On peut aller dîner, maintenant ?

Et, ignorant la main que Jim me tendait, je me suis dirigée d'un pas vacillant vers la salle de bains pour m'asperger la figure d'eau froide. Je me sens vraiment mal fichue...

27 août

À : alicewilliams@hotmail.com
De : artboy@hotmail.com

Salut, Alice,

Je sais, on s'était dit qu'on éviterait les e-mails mais j'ai vraiment besoin de te parler. Même si tu n'es pas là. Ce mail est un moyen comme un autre de vider mon sac : au moins tu ne pourras pas m'interrompre et je vais pouvoir démêler ce qui s'est passé ces dernières semaines.

Je commence par ce qui me cause le plus de souci : Edie est tombée dans les pommes l'autre soir. Elle est à l'hôpital. Ils ne savent pas ce qu'elle a. Je me sens tellement coupable. Comme j'étais crevé, je lui ai demandé de conduire et, malgré ses réticences, elle a fait de son mieux. Quand on est arrivés à El Paso (c'est au Texas, je crois me souvenir que tu es nulle en géo), elle a commencé à se comporter bizarrement. Elle semblait à côté de ses pompes et se plaignait d'un mal de tête. On est sortis manger dans un restau mexicain. J'aurais dû m'apercevoir que quelque chose ne tournait pas rond, vu qu'elle déteste la cuisine mexicaine. Bref, elle chipotait avec la nourriture et n'arrivait pas à soutenir la conversation : ses réponses étaient vagues, ou carrément hors sujet. Mais quand je lui ai demandé ce qui n'allait pas, elle s'est mise en rogne.

Brusquement, au milieu du repas, elle m'a dit qu'elle ne se sentait pas bien et qu'elle voulait rentrer se coucher. On est retournés au motel, de l'autre côté de la route, et pendant le trajet, j'ai presque dû la porter. Là aussi, c'était mauvais signe, vu qu'on n'est pas censés se toucher (oh, mais tu n'es pas au courant, j'évoquerai ce sujet plus tard). Une fois dans la chambre, elle s'est écroulée sur le lit et je me suis dit qu'elle irait mieux après avoir dormi. J'étais en train de me laver les dents quand elle est entrée dans la salle de bains en titubant : elle n'a pas réussi à atteindre les toilettes, elle a vomi partout sur le sol puis elle est tombée à genoux avant de s'affaler pour de bon. Je me suis précipité pour la relever mais je me suis vite aperçu qu'elle ne me voyait même pas. Juste avant de perdre conscience, elle a essayé de fixer son attention sur moi, sans y arriver.

Maintenant, elle est à l'hôpital (heureusement qu'on a pris une assurance santé). Elle n'est pas dans le coma : elle émerge de temps à autre, mais le plus souvent, elle tient des propos incohérents. Les docteurs ont fait des tests et plusieurs analyses de sang sans trouver ce qui clochait. Au début, ils pensaient que c'était la méningite et ils ont profité d'un des rares moments de lucidité d'Edie pour lui faire une ponction lombaire. C'était horrible : elle a hurlé de douleur pendant toute l'intervention. Maintenant ils penchent plutôt pour une allergie ou une infection virale.

Elle me paraît minuscule et fragile. La blouse de l'hôpital est trop grande pour elle et ils l'ont mise sous perfusion. Je ne sais pas quoi faire, Alice. Quand elle s'est évanouie, sa respiration était si faible, j'ai cru qu'elle allait mourir.

J'ai dû appeler sa mère. Elle voulait prendre le premier avion pour les États-Unis. Ensuite, j'ai parlé à son père et il a compris qu'ils ne pouvaient pas faire grand-chose. Avant le départ, je leur avais promis de prendre soin d'Edie, mais, au plan physique comme au plan moral, je ne lui ai causé que du mal.

J'imagine déjà ton air désapprobateur. Oui, avant que tout ça n'arrive, je me suis comporté comme le roi des crétins. Je me suis bêtement mis en tête de retrouver mon père. Je crois qu'au fond de moi, j'avais cette idée dès le début, à l'époque où on a commencé à parler d'aller aux USA. Je savais qu'il était parti à Chicago. Au lieu d'en discuter avec Edie, je me suis lancé seul dans cette quête inutile à travers le Sud. Je me suis renfermé, un vrai psychopathe. Je n'ai rien expliqué à Edie. En fait, j'ai plus ou moins cessé de lui adresser la parole. Je n'avais qu'une obsession, le retrouver, et rien, pas même elle, ne pouvait se mettre en travers de mon chemin. Je me suis contenté de lui répéter : « Fais-moi confiance. » Je pensais vraiment que c'était la meilleure solution : d'abord le retrouver puis tout expliquer à Edie.

J'ai été horrible, Alice ! Je déposais Edie en ville et je passais la récupérer quelques heures plus tard. Dans l'intervalle, je cherchais mon père. Le jour où je l'ai enfin retrouvé, j'étais parti pendant qu'elle dormait et je ne suis pas rentré avant la nuit. Je n'ai jamais vu Edie aussi furieuse, elle a commencé à me frapper puis elle m'a serré fort, j'ai cru qu'elle allait me casser une côte.

Ce soir-là, elle m'a plaqué. Je lui ai présenté mes excuses et j'ai essayé de me justifier. En vain. Elle n'arrêtait pas de répéter que je ne lui faisais pas confiance et que je ne l'aimais pas vraiment. Elle aurait mieux fait de rentrer par le premier vol mais elle a insisté pour rester avec moi, comme une amie. Je ne crois pas qu'elle m'ait jamais aimé. Quand on aime vraiment, on ne peut pas passer aussi facilement de l'amour à l'amitié.

Au début, j'ai pensé qu'elle finirait par changer d'avis, qu'elle reviendrait vers moi une fois l'orage passé. Mais elle ne plaisantait pas. Pendant qu'on séjournait chez mon père (j'y reviendrai plus tard), on a dû dormir ensemble dans un lit simple et j'ai passé mes nuits à lutter contre l'envie de la toucher. J'ai bien essayé de le faire par des moyens détournés, en effleurant sa jambe pour changer de vitesse ou en lui demandant de m'appliquer de la crème solaire sur le dos. J'espérais un peu qu'elle finirait par se jeter sur moi, incapable de résister... Rien à faire.

Et mon père dans tout ça ? Pauvre Lenny. Je suis content de l'avoir retrouvé. Au moins j'ai fini par comprendre que je me portais mieux sans lui. Il vit avec une espèce de folle prénommée Estella, le genre crinière blonde et grosse poitrine siliconée. Elle n'a pas inventé la poudre, celle-là. J'ai deux frères jumeaux qui s'appellent (tu vas ado-rer) Hank et Johnny. D'après Edie, ce sont deux petits diables : elle était persuadée qu'ils avaient le nombre 666 tatoué sur le crâne. Lenny n'a pas changé, c'est toujours un loser égocentrique. Incapable de rester au même endroit, avec le même boulot et la même femme. Il m'a raconté qu'il avait une maîtresse dans la ville voisine. Il voulait même venir avec nous quand on a repris la route. Je lui ai dit de retourner auprès d'Estella et de s'occuper d'elle mais j'ai dans l'idée qu'il ne restera pas bien long-temps. J'avais toujours eu peur de finir comme lui. Maintenant, je sais que ça n'arrivera pas. Je prends mes responsabilités, contrairement à lui. Cela dit, je n'aurais pas perdu Edie si j'avais été plus honnête avec elle. Comment peut-elle croire que je ne l'aime pas alors qu'elle est la seule personne dont je me soucie plus que de moi-même ? Ces retrouvailles avec Lenny m'ont ouvert les yeux : la famille n'a rien à voir avec les liens du sang. La famille, c'est celle qu'on se choisit. Edie est ma famille.

Voilà, tu connais toute l'histoire. Je pourrais te décrire les endroits qu'on a visités mais il vaut mieux que tu t'achètes un guide. Je retourne à l'hôpital. J'espère bien te voir dès notre retour (si on rentre). Tu as prévu d'aller voir le dernier concert de Mellowstar à Londres ?

Désolé d'avoir vidé mon sac.

Jim

À : artboy@hotmail.com
De : alicewilliams@hotmail.com

Jim,

Quel idiot ! Pas étonnant qu'Edie t'ait plaqué. Si ç'avait été moi, tu aurais fini en fauteuil roulant.

Je m'inquiète sérieusement à son sujet. J'espère qu'elle se remettra vite : il fallait s'attendre à ce qu'elle tombe malade, avec tout le stress qu'elle a subi. Mais elle est costaud, la petite, et je suis sûre et certaine que d'ici deux ou trois jours, elle va te mener une vie impossible, juste pour le plaisir.

Je vais te donner mon avis sur vous deux, bien que tu ne le mérites pas. Elle t'aime encore. Si elle ne tenait pas autant à toi, elle serait déjà rentrée. Je n'y crois pas une seconde, à cette histoire d'amitié. Je ne pense pas que vous parviendrez jamais à être amis, Edie et toi. Entre vous, c'est l'amour ou la haine. Si tu veux la récupérer, montre-lui que tu l'aimes. Tu as intérêt à ramper ! À ta place, je commencerais par un bijou. Creuse-toi la cervelle !

À propos de ton père, je suis vraiment, vraiment ravie que tu l'aies retrouvé. Je n'approuve pas tes méthodes mais j'imagine qu'il était temps pour toi de tourner la page.

Tiens-moi au courant de la suite, espèce d'andouille.

Affectueusement,

Alice

(Pas de bises pour toi, tu ne les mérites pas.)

El Paso Memorial Hospital, Texas

28 août

Ce matin, je me suis réveillée dans un hôpital avec un goutte-à-goutte dans le bras. Jim dormait dans un fauteuil au chevet du lit. Et j'avais l'impression qu'on m'avait poncé les entrailles au papier de verre.

Je me suis redressée, non sans mal, pour secouer Jim.

— Jim, qu'est-ce qui se passe ? ai-je demandé d'une voix éraillée. Je me rappelle avoir vomi hier soir.

Jim a serré mes mains dans les siennes.

— Edie, ça fait trois jours que tu es ici !

J'ai froncé les sourcils.

— Ah oui, je me souviens d'avoir ressenti une douleur très forte dans le dos.

Jim a appuyé sur une sonnette.

— Ils t'ont fait une ponction lombaire, ils t'ont prélevé du liquide dans la colonne vertébrale. C'était horrible. Tu as crié pendant toute l'intervention, a-t-il expliqué avec une grimace. Comment tu te sens ?

— Mal. Ma gorge me brûle.

— On t'a fait une endoscopie.

— Une quoi ? ai-je demandé en me redressant. Est-ce que tu peux taper mes oreillers ?

Jim s'est précipité pour s'exécuter.

— Ils t'ont enfoncé un tube avec une caméra dans le gosier pour vérifier que tu n'avais pas d'hémorragie interne.

J'ai fait la grimace.

Puis une infirmière est entrée dans la pièce. Notez qu'on m'avait installée dans une chambre individuelle.

— Oh, de retour parmi nous ! s'est-elle exclamée. Je m'appelle Cathy. Comment vous sentez-vous ?

J'ai ouvert la bouche pour répondre et elle en a profité pour y fourrer un thermomètre avant de m'attacher une espèce de brassard autour du bras et de pomper sur une poire en caoutchouc jusqu'à me couper la circulation sanguine.

— Je vérifie juste votre tension artérielle, a-t-elle expliqué.

— C'est quoi, mon problème ? ai-je demandé quand elle a retiré le thermomètre de ma bouche.

— Je vais appeler le Dr Greenbaum. Votre température est redescendue de deux degrés et votre tension est presque normale.

— Jim ?

Il s'est tourné vers moi, comme à l'affût du moindre de mes désirs.

— J'ai faim, ai-je pleurniché. Est-ce que je peux avoir une glace ?

Jim a lancé un coup d'œil à Cathy.

— Je crois qu'elle va mieux. Est-ce que je peux aller lui chercher une glace ?

— Après que le docteur l'aura examinée, a répondu l'infirmière d'un ton ferme.

Le Dr Greenbaum est arrivé au bout de quelques minutes. Après m'avoir palpée et auscultée en faisant « Mmm mmm » à chacune de mes réponses à ses questions, il a décrété que le pire était passé.

— C'est-à-dire ? ai-je demandé timidement.

— Oh, probablement une infection virale banale, a-t-il répondu d'un ton jovial. Vous êtes jeune, en bonne santé : vous devriez très vite être sur pied. Vous nous avez fait une belle frayeur.

— Alors quand est-je que je sors ?

— Nous voulons vous garder encore vingt-quatre heures. Ensuite, il faudra vous ménager quelque temps.

— Est-ce qu'on peut reprendre la route pour Los Angeles ?

— Pas question, a coupé Jim. On va réserver une chambre d'hôtel le temps que tu te reposes et puis on prendra le premier avion pour rentrer.

— Il faut qu'on aille à Los Angeles, ai-je protesté. Je serai assise dans une voiture. Changer les cassettes et t'indiquer la route à suivre, ce n'est pas le bagne.

Jim n'avait pas l'air d'accord. Le Dr Greenbaum a souri. On voyait bien qu'il pensait : qu'est-ce que c'est que ces deux maboules ?

— O.K., temps mort, les jeunes. L'hôtel serait une bonne idée pour les trois, quatre jours à venir. Ensuite vous pourrez reprendre la route.

— Tu vois, je te l'avais dit, ai-je lancé d'un ton supérieur.

— Mais arrêtez-vous régulièrement, a poursuivi le docteur. Et si vous allez au Grand Canyon, pas d'excursion. Offrez-vous plutôt une balade en hélicoptère.

— Bon, est-ce que je peux avoir une glace, maintenant ?

Le Dr Greenbaum a acquiescé et Jim a levé les yeux au ciel.

— Au moins, quand tu étais malade, tu n'avais pas autant d'exigences. Quel parfum ?

Holiday Inn, El Paso, Texas

30 août

L'hôtel, c'est carrément plus rigolo que le motel ! Je m'inquiétais au sujet du prix mais Jim m'a assuré qu'il nous restait plein d'argent, et quand j'ai appelé mes parents pour les convaincre que je n'étais pas à l'agonie, ils ont insisté pour qu'on prenne une chambre avec la carte de crédit.

Ma mère envisageait d'affréter un avion pour me ramener à la maison, alors mon père lui a pris le combiné des mains, m'a posé quelques questions pertinentes à propos de mon état de santé général et m'a dit de ne pas faire attention à elle.

Jim se montre gentil au-delà du supportable. J'imagine que voir sa petite amie, ou plutôt son ex-petite amie, vomir puis tourner de l'œil, ce doit être un choc. Il m'a acheté des fleurs, il a loué un lecteur de DVD et un ordinateur portable équipé d'un modem pour que je puisse rester en contact avec l'Angleterre. Chaque fois que je me lève, il se précipite et, le plus souvent, il me traite comme la princesse qu'il me reprochait d'être.

J'ai insisté pour qu'on dîne dehors ce soir : je commençais à devenir dingue à force de rester enfermée.

— Tu es sûre que ça ira ? m'a-t-il demandé pendant que je me maquillais pour la première fois depuis des semaines.

— Je vais bien, lui ai-je répété pour la cinquantième fois. Ce soir, c'est le galop d'essai. Demain, en route pour l'Arizona.

Jim avait encore des réticences.

— On verra, a-t-il répondu.

L'autre avantage de ma maladie, c'est que j'ai perdu tellement de poids que je me sens obligée de m'empiffrer. En plus des trois repas par jour, je m'accorde un en-cas toutes les heures.

— Je dois avoir une carence en fer, ai-je déclaré en attaquant un steak de la taille de mon assiette.

Jim, l'air horrifié, a commencé à picorer sa salade au poulet.

— Attention, c'est trop chaud, a-t-il dit en montrant mon assiette.

J'ai haussé les épaules.

— J'ai passé quatre jours sans manger. Et j'ai perdu six kilos. Tu te rends compte, six kilos ! Ce n'est pas possible de perdre autant de poids en si peu de temps. C'est ce qu'ils disent chez Weight Watchers !

— Tu trouves ça drôle ? s'est indigné Jim.

— Oh, c'est bon. Je vais bien maintenant, ai-je répliqué en lui donnant une tape sur la main. On ne va pas en faire une montagne. Tu l'as sans doute plus mal vécu que moi. C'est vrai, moi je ne savais pas ce qui se passait.

— J'ai cru que tu allais mourir. Et j'ai paniqué. Les deux ambulanciers ont vérifié que tu respirais puis ils m'ont demandé depuis combien de temps tu étais inconsciente et je n'ai pas réussi à émettre un son. Je n'ai même pas eu l'idée d'essayer de te ranimer avant qu'ils arrivent.

Jim semblait tellement tenaillé par la culpabilité que je ne savais plus quoi faire pour le rassurer.

— Je venais de vomir, ai-je ironisé. À ta place, je ne me serais pas approchée non plus.

— Ce n'est pas drôle ! Qu'est-ce que je serais devenu, moi, si tu étais morte ?

J'ai pris sa main et il a agrippé mes doigts. Il m'a fixée intensément comme s'il allait me faire une révélation très importante. Puis il m'a lâché la main.

— Trêve de sentimentalisme ! ai-je conclu, histoire de détendre l'atmosphère. On ne va pas gâcher la soirée avec des « si » et des « peut-être ». Je suis guérie et c'est tout ce qui compte.

— Tu as raison, a marmonné Jim.

Mais il m'a lancé un regard lourd de sens comme pour suggérer que ma guérison ne réglait pas le problème. Loin de là.

Albuquerque, Nouveau-Mexique

2 septembre

Je n'arrête pas de penser à la bouche de Jim...

Qu'est-ce que je viens d'écrire ? J'ai beau lutter pour conserver une distance « amicale » avec Jim, de vilaines pensées s'insinuent dans mon esprit. Quand il se concentre sur quelque chose, il tire un peu la langue : ça me fascine.

Et quand je sors une blague douteuse, et que Jim, comme à son habitude, essaie de garder son sérieux pour ne pas m'encourager, ça me revient : j'étais capable de « sentir » qu'il souriait quand il m'embrassait.

Bref, je n'arrête pas de penser à la bouche de Jim.

Il est toujours aussi adorable. Ça en devient fatigant. J'aimerais qu'il se détende et redevienne le garçon un peu moqueur que je connaissais. Par exemple, on est censés suivre un itinéraire à nouveau, vu qu'il nous reste sept jours pour atteindre Los Angeles et livrer la voiture ; or, il a fait un détour d'une journée quand j'ai dit en passant que ce serait peut-être intéressant d'aller jeter un coup d'œil au musée des ovnis de Roswell.

Et si j'ai le malheur de m'étirer parce que j'ai des crampes à force de rester assise, il insiste pour qu'on s'arrête et m'oblige à m'allonger sur le siège arrière « pour que tu fasses une sieste ». À vrai dire, il me traite comme sa vieille tante malade. Mais bon, Roswell, c'était sympa. Bien que je n'aie pas vu d'extraterrestres.

Flagstaff, Arizona

3 septembre

À : <u>pipelette@hotmail.com</u>
De : <u>graceland@hotmail.com</u>

Oh, Edie !

Je demande en passant des nouvelles de ta santé : j'espère que tu n'as pas vomi sur quelqu'un ces derniers jours. Mais c'était seulement de la politesse, maintenant parlons de moi !

Aux dernières nouvelles, tu t'en souviens, tout allait bien avec Jack. On n'avait pas beaucoup progressé : toujours pas de bécotage, mais j'avais l'impression qu'on se comprenait et que je préparais peut-être le terrain pour un futur bécotage. Eh bien, il s'avère que Jack ne vaut pas mieux que les autres garçons ! C'est devenu un gros rustaud. Et à qui la faute, je te le donne en mille ? Jessie, bien entendu. C'est toujours la faute de Jessie. C'est Jessie qui a eu l'idée de passer des journées entières enfermé dans un van avec quatre filles, afin que Jack et lui puissent « exprimer leur côté féminin ». Donc Jessie a commencé à nous appeler ses « femelles », ce qui a fait rire aux éclats Penelope, Atsuko et Deborah, tandis que Jack s'est mis à draguer les filles !

Apparemment le fait de brancher une sono transforme n'importe quel type en dieu vivant. Je n'y comprends rien. Des tas de filles viennent le voir après le concert, et la nuit dernière, il est sorti avec un boudin immonde qui devait avoir au moins vingt-deux ans. Avant, j'étais la seule à voir en Jack un garçon unique mais toutes les filles lui courent après, maintenant qu'il est devenu cool par procuration. C'est vrai, elles le trouvent cool uniquement parce qu'il traîne avec un groupe. Le groupe dans lequel je joue ! Contrairement à moi, elles ne voient pas ce qui fait de lui une personne tellement unique. Mais ça ne l'empêche pas de les embrasser à pleine bouche et de m'envoyer sur les roses quand j'ai besoin de lui parler ! J'ai voulu lui proposer d'aller boire un verre et il m'a répondu un truc du genre : « Pas maintenant, Grace, je suis occupé. » Puis lui et l'espèce de boudin ont commencé à se moquer de moi ! Je le déteste. Je ne trouverai jamais personne qui veuille bien m'embrasser. Ou qui me trouve unique.

Seul point positif : dans dix jours, on se revoit ! J'ai vraiment, vraiment hâte. Hier, Jessie était tellement insupportable que même Penelope en avait marre. Elle a soupiré avant de déclarer – je cite : « C'est dans ces moments-là que je serais contente d'avoir Edie sous la main, histoire qu'elle t'explique les subtilités de la troisième vague du féminisme. » Je sais de source sûre que Penelope est toute chamboulée à l'idée de te revoir : elle n'arrête pas de me demander si par hasard tu n'aurais pas l'intention de lui ramener un cadeau d'Amérique !

Bon, Jessie s'est planté devant la fenêtre du cybercafé et il me fait des grimaces : c'est sa façon à lui (la façon Cro-Magnon) de me signifier que je dois retourner au van.

Grosses bises.

Grace

Je compatissais aux malheurs de Grace. Je comprenais sa souffrance. Jim, assis près de moi, examinait les cartes pour la centième fois afin de trouver le trajet le plus rapide jusqu'à Los Angeles en passant par Las Vegas. Je n'ai pas cessé de lui répéter qu'il fallait compter cinq heures de route. Cinq heures ! Pff ! Une broutille comparée à tous les kilomètres qu'on a parcourus. Mais il stresse à l'idée qu'on ne ramène pas la voiture à temps. Et il me le fait savoir régulièrement sans lever la voix ni être sarcastique. Je n'aurais jamais pensé regretter le Jim moqueur et tête à claques, et pourtant !

À : graceland@hotmail.com
De : pipelette@hotmail.com

Salut ma belle,
Je pète le feu. Je n'ai vomi sur personne et je n'ai plus mal à la tête,

merci pour ta sollicitude. Quant à Jack, il manifeste tous les symptômes du garçon typique. Et il agit comme un idiot juste parce qu'il en a envie. Je crois qu'il essaie aussi de te rendre jalouse mais il faudrait que j'enquête sur le terrain pour en avoir le cœur net. Eh oui, les hommes ont un pénis et ils trouvent ça si chouette qu'ils se comportent comme de parfaits crétins quatre-vingt-dix-neuf pour cent du temps en ayant l'impression qu'ils sont super-cool. Tout ça à cause de leur machin. Enfin, c'est ma théorie perso.

Jim, quant à lui, ne se conduit pas comme un crétin. Ou alors très rarement. Avec moi, il ne se la joue pas : « Hé, petite, c'est moi le patron parce que j'ai un pénis. » Ou alors pas souvent. Je l'adore. Mais en tant qu'ami. Et rien d'autre. Ne commence pas à t'imaginer qu'on ressort ensemble : ce n'est pas du tout le cas. Nous avons pris la décision la plus raisonnable, nous séparer, et on assume très bien, en adultes responsables. C'est facile de le considérer comme un ami et rien d'autre, même si on a passé une année merveilleuse ensemble. Oh, l'amitié, c'est super. Vraiment super.

Bon, j'en viens à mon récit de voyage, alors sois bien attentive. Je me trouve actuellement dans une petite ville universitaire, Flagstaff, en Arizona, et on revient d'une balade à la Forêt Pétrifiée, un endroit rempli, tiens-toi bien, d'arbres pétrifiés. Ça a quelque chose à voir avec les fossiles et la silice mais je vais m'arrêter là parce que je ne sais pas de quoi je parle. Prochaine étape : le Grand Canyon. Il fait beaucoup trop chaud pour tenter une excursion (est-ce que la température descend parfois en dessous de trente-cinq degrés dans ce pays ?), et bien que le gentil Dr Greenbaum de l'hôpital d'El Paso nous ait suggéré l'hélico, on est trop peureux pour tenter le coup. On est déjà en train de se préparer mentalement pour le vol du retour.

Moi aussi, j'ai hâte de te revoir. Mais j'essaie de ne pas penser à l'Angleterre parce que ça signifie entrer à l'université et quitter mes

amis. À cette seule idée, les larmes me
montent aux yeux.

  À bientôt,

                    Edie

Grand Canyon, Arizona

4 septembre

On a fait le tour du Grand Canyon en voiture, en s'arrêtant de temps à autre pour rejoindre à pied les postes d'observation indiqués le long du chemin. Pendant le trajet, on n'a pas cessé de répéter que ce n'était qu'un « grand trou » mais une fois sur place, il faut bien le reconnaître, c'est très impressionnant, surtout quand le soleil commence à descendre et qu'il dessine des ombres bizarres sur la roche. Ouh là, on dirait un guide touristique.

On avait l'intention de passer la nuit dans un motel bon marché : le seul endroit où il restait de la place était un hôtel miteux, El Tovar, qui n'avait qu'une chambre avec un seul grand lit à nous proposer.

Ça n'a pas l'air de déranger Jim. Il n'arrête pas de répéter en bâillant qu'il nous reste près de cinq cents kilomètres à parcourir jusqu'à Las Vegas et qu'il a besoin d'une bonne nuit de sommeil. Il pourrait au moins tenter une approche. S'il m'aimait vraiment. Un baiser, ce n'est pas trop demander, si ?

Route 66, Arizona

5 septembre

On a repris la route dans cette fichue bagnole. Je n'ai pas fermé l'œil de la nuit et je suis de mauvaise humeur. Dormir à côté de Jim sans pouvoir le toucher, c'est le moyen le plus sûr de faire de l'insomnie. Il était allongé à trente centimètres de moi et je sentais presque la chaleur que dégageait son corps (rien à voir avec l'excitation sexuelle, non, c'est juste qu'il faisait très chaud). Je trouve que Jim a avalé la pilule beaucoup trop facilement en ce qui concerne notre soi-disant amitié. Il pourrait se battre davantage pour qu'on reste ensemble.

Hier soir, j'ai été très vilaine. J'ai fait semblant de dormir et, l'air de rien, je me suis collée contre lui. À un moment, j'ai frotté ma jambe contre la sienne, comme au bon vieux temps, et j'ai enfoui mon visage dans son cou, histoire de respirer son odeur en douce. J'étais si près que j'aurais pu l'embrasser. C'était une invitation à la débauche. Mais il m'a repoussée vers mon côté du lit.

C'est moi qui ai voulu qu'on arrête, alors je me vois mal lui dire : « Oh, j'ai changé d'avis, viens ici que je t'embrasse. » On ne peut ressortir ensemble que si Jim en manifeste l'envie. Il doit penser que, comme j'entre à l'université, je lui ai épargné la corvée d'une relation à distance qui se solderait inévitablement par une rupture.

Il a arrêté de conduire torse nu. Je me demande comment il réagirait si je me penchais pour lui lécher le cou. On finirait sans doute dans le fossé.

Jim me regarde d'un drôle d'air. Il a dû se rendre compte que je bavais devant lui.

Las Vegas, Nevada

6 septembre

Il est quatre heures du matin. Jim est sorti en claquant la porte il y a quelques heures. Quand je lui ai demandé où il allait, il m'a répondu : « Aussi loin de toi que possible ! » On a eu la dispute du siècle, avec son Dolby stéréo et langage susceptible de heurter la sensibilité du public.

En arrivant à Las Vegas, je souffrais encore des suites d'une nuit blanche. Le Nevada n'est qu'un immense désert où règne une chaleur écrasante. Pour changer.

D'accord, j'ai été insupportable mais c'était plus fort que moi. D'abord, j'ai insisté pour qu'on prenne une chambre à l'hôtel : tout est bon marché à Las Vegas. Et puis, mince ! on est là, profitons-en, il nous reste encore plein d'argent. Puis j'ai obligé Jim à longer trois fois de suite la même avenue, le temps que je choisisse un hôtel. Finalement, j'ai opté pour le Paris Las Vegas parce qu'il possédait une réplique presque grandeur nature de la tour Eiffel qui me rappelait mon séjour à Paris, à l'époque où j'ai commencé à sortir avec Jim. Je sais, je ne suis qu'une pauvre nouille sentimentale qui ne tire jamais aucune leçon de ses erreurs.

Une fois dans la chambre, je me suis mise à rouspéter à propos de tout et de rien, des oreillers aux produits de toilette offerts par l'hôtel. Un peu pour jouer les enquiquineuses qui n'ont pas eu leurs huit heures de sommeil, et un peu aussi parce que j'aurais donné n'importe quoi pour que Jim réagisse. Ras le bol de Monsieur Gentil. C'est comme me retrouver dans la peau d'une gamine qu'il essaierait de satisfaire par tous les moyens. Ça crève les yeux qu'il ne veut plus de moi. Il ne m'aime plus, c'est certain. Il tient sans doute à se racheter après ce qu'il m'a fait subir, d'où la patience dont il fait preuve. Moi, je voudrais juste qu'il manifeste quelque chose, même si c'est de la colère ou de la lassitude. Tout sauf cette camaraderie un peu tiède.

En descendant au buffet gigantesque de l'hôtel (et, sur ce point, je n'ai qu'une chose à dire : Dieu bénisse l'Amérique !), j'ai recommencé à ronchonner. Même moi, j'en avais assez de mes jérémiades. Jim perdait patience, lui aussi. Il n'arrêtait pas de pianoter sur la table et de se mordre les lèvres pendant que je râlais. J'ai renvoyé mon omelette trop baveuse puis j'ai exigé d'aller jouer à la roulette et je me suis dirigée au pas de charge vers la salle des jeux en évitant les employés de l'hôtel accoutrés comme des gendarmes. J'ai forcé Jim à dépenser cinq cents dollars en jetons malgré ses protestations : « Tu crois vraiment que c'est une bonne idée ? » Bien sûr que non ! Et c'était justement le but. J'ai perdu les cinq cents dollars d'un coup. Je devrais peut-être récrire cette phrase histoire de mesurer l'énormité de mon acte. J'ai mis les cinq cents dollars sur le dix-neuf et j'ai tout perdu. J'ai cru que j'allais avoir une crise cardiaque. Je sentais le sang affluer dans mes veines, j'étais sur le point de retirer ma mise mais il ne bougeait pas, il se contentait de secouer la tête, alors...

— Je veux plus d'argent, ai-je grommelé.

Il a secoué la tête, impassible, les narines dilatées, les lèvres serrées.

— Tu n'auras plus un centime.

— Eh bien, dans ce cas, j'achèterai des jetons avec la carte de crédit !

À ce moment-là, Jim m'a prise par le bras, m'a fait lever de ma chaise et m'a traînée de force vers les ascenseurs. Je sentais la tension dans ses doigts, il me serrait le bras assez fort pour me laisser des bleus. J'avais voulu le mettre en rogne et soudain je m'apercevais que ce n'était pas une bonne idée. Pas bonne du tout. Enfin, je m'en rends compte maintenant, mais en remontant dans notre chambre, j'étais toujours déterminée à chercher la bagarre.

— Tu n'as pas le droit de me brutaliser comme ça ! ai-je crié avant même qu'il ait fermé la porte. Je ne suis plus ta petite amie. Tu n'as pas le droit de me toucher !

— Arrête ! a lancé Jim d'un ton menaçant, si bas que je l'entendais à peine.

— Lâche-moi ! Tu n'as pas d'ordres à me donner. On n'est rien l'un pour l'autre. Je peux très bien aller me dégotter un type, si j'en ai envie, tu n'as pas ton mot à dire.

Jim m'a ignorée et s'est planté devant la fenêtre.

Je me suis mise à hurler comme une harpie dégénérée.

— Tu m'écoutes, oui ? Je vais descendre au bar et si je ramène quelqu'un, tu seras obligé d'aller faire un tour.

Jim s'est retourné : ses yeux lançaient des éclairs.

— Ça suffit !

Je ne savais même plus ce que je racontais. Je voulais juste qu'il réagisse. Bien ou mal, peu importait.

— Ouh là là, j'ai peur, ai-je raillé.

J'ai fait un pas dans sa direction. Et puis un autre, et encore un autre jusqu'à ce que je me retrouve nez à nez avec lui. Il respirait avec peine, il était vraiment à bout. Et c'était moi qui l'avais mis dans cet état.

— Tu. Es. Mon. Ex. Point. Barre, ai-je poursuivi en lui martelant la poitrine de l'index à chaque mot.

Et c'est là qu'il a craqué. Moi aussi, d'ailleurs. Je ne sais pas qui a pris l'initiative mais soudain on s'est retrouvés dans les bras l'un de l'autre. On s'est embrassés avec fougue. Ses lèvres collées aux miennes, Jim a plaqué mes mains contre mon corps pour m'empêcher de bouger. Inutile, je n'en avais pas envie.

Ensuite, ses baisers se sont faits plus tendres, il a lâché mes bras et je l'ai enlacé. Puis, sans cesser de m'embrasser, il m'a attirée vers le lit. On s'est allongés et Jim a commencé à déboutonner sa chemise. Soudain, il est comme revenu à lui et il s'est relevé d'un bond, l'air horrifié.

— Pardon, Edie, a-t-il dit dans un souffle. Je ne voulais pas. C'était une erreur.

Je n'en croyais pas mes oreilles.

— Mais non. Tu as toujours envie de moi. Pas de problème.

— Si, il y a un problème, a-t-il répondu.

Je me suis assise sur le lit pour défaire la fermeture Éclair de ma robe. Après tout, le sexe sans amour, c'était peut-être mieux que rien.

— Qu'est-ce que tu fais ? a bredouillé Jim. Rhabille-toi !

J'ai essayé de lui sortir le grand jeu.

— Écoute, on n'est pas obligés de s'aimer pour, tu sais...

Je lui ai fait signe de me rejoindre.

— Non, je ne sais pas, a répliqué Jim d'un ton sec. Bon sang, Edie, je n'arrive pas à croire que tu aies envie de coucher avec moi dans ces conditions.

À ces mots, j'ai eu l'impression d'être une moins que rien. Je me donnais à lui sans rien demander en retour et il me balançait en pleine figure qu'il ne m'aimait pas.

Il a ouvert la porte.

— Où vas-tu ? ai-je demandé d'une voix plaintive.

— Aussi loin de toi que possible.

Il est quatre heures du matin et je n'arrive pas à dormir. Il faut que je m'explique avec Jim. Que je lui dise la vérité : je l'aime encore ; il fait partie de moi et je ne peux pas me résoudre à vivre sans lui. Je me fiche pas mal d'être en pyjama, il faut que je le retrouve.

6 septembre (plus tard)

Je n'ai pas eu à chercher bien loin. Jim était assis au bar de l'hôtel, il contemplait d'un air morose sa bouteille de bière.

Je me suis dirigée vers lui à pas de loup mais il a levé les yeux vers moi avant que j'aie pu m'asseoir. Sans tenir compte de mon accoutrement, il m'a proposé un verre et fait signe au barman.

— Un verre de vin blanc, ai-je marmonné.

C'était le moment ou jamais d'ouvrir mon cœur à Jim.

J'étais en train de réfléchir à un moyen d'aborder le sujet quand il a sorti un bout de papier froissé de la poche de sa chemise qu'il a posé sur la table devant moi.

— Qu'est-ce que c'est que ça ? ai-je demandé, un peu nerveuse.

— Lis, a-t-il ordonné d'une voix qui ne trahissait aucune émotion.

J'ai déplié le papier et j'ai lu l'en-tête : Clark Country Marriage Bureau.

Les mots se sont mis à danser devant mes yeux.

— Jim, de quoi s'agit-il ?

— À ton avis ? a-t-il répondu avec irritation.

— Ça suffit, les devinettes. Explique-toi.

— C'est un certificat de mariage avec mon nom et le tien.

Il m'a dévisagée, l'air de guetter ma réaction. Je lui ai lancé un regard hébété, incapable de trouver mes mots tellement j'avais le cerveau embrouillé.

— C'est un certificat de mariage, a-t-il répété en soupirant.

Il a pris une gorgée de bière. Au bord de la syncope, j'ai attendu qu'il se lance :

— Edie, veux-tu m'épouser ?

On est restés silencieux un moment. Je n'arrivais pas à lire le certificat, je n'osais même pas y toucher. Jim ne me quittait pas des yeux, à l'affût du moindre signe.

Il a fini par rompre le silence.

— Alors ?

À quel jeu cruel jouait-il ? À croire qu'il prenait mon cœur pour sa Gameboy !

— Comment peux-tu me demander de t'épouser alors que tu ne m'aimes pas ? me suis-je écriée. Tu te fiches de moi, c'est ça ?

— Non, je...

— Tu as compris, pas vrai ? ai-je poursuivi en me cachant le visage dans les mains parce que je n'avais plus la force de le regarder. Tu as compris que moi, je t'aime encore et tu as décidé de te payer une tranche de rigolade, hein ? Ça ne te suffit pas de me l'entendre dire, il faut que tu me fasses souffrir encore un peu plus.

Je me suis levée. Autant partir avant que je perde mon sang-froid, ce qui était une affaire de secondes. Mais Jim m'a fait rasseoir.

— Non, Jim, laisse-moi, ai-je protesté.

Il a resserré son étreinte autour de mon bras.

— Écoute-moi ! s'est-il exclamé, à bout de patience, en me secouant un peu. Je t'aime. C'est toi qui as voulu rompre, c'est toi qui as voulu qu'on soit amis.

J'ai éclaté en sanglots.

— Non, tu ne m'aimes pas !

— Mais si ! Je n'ai jamais cessé de t'aimer. Même quand j'ai pété les plombs, je t'aimais. Et j'ai essayé de te le prouver de mille façons mais rien ne te touche.

— Comment peux-tu dire une chose pareille ? Je n'ai pas arrêté de te tendre la perche, et toi, tu m'as traitée comme une parente âgée.

Jim a levé les yeux au ciel.

— J'essayais d'être prévenant ! Et puis tu as failli mourir, je voulais y aller doucement.

On s'est tus un instant, le temps que je reprenne mon sang-froid.

J'ai repensé à ces dernières semaines : Jim était-il sincère ? Était-ce l'amour qui l'avait poussé à jouer les mecs adorables ou bien la culpabilité, la confusion ou encore la peur après que j'ai frôlé la mort ?

— Bon...

— Qu'est-ce...

On avait parlé tous les deux en même temps. Jim a ébauché un sourire.

— Toi, d'abord.

J'ai pris une grande inspiration.

— Quand tu prétends que tu m'aimes, qu'est-ce que tu veux dire exactement ? Que tu m'aimes comme une amie ?

Jim a repoussé une mèche de mon visage.

— S'il te plaît, ne m'oblige pas à me répéter : j'ai beau tourner et retourner les phrases dans ma tête, ça sonne toujours aussi faux.

Ouh là, ça commençait mal. Il allait me parler de l'amitié qui, contrairement à l'amour, durait éternellement...

Jim m'a pincé l'oreille.

— Aïe !

— Edie, je t'ouvre mon cœur et toi, tu rêvasses !

J'ai repoussé sa main qui me caressait toujours le visage et j'ai croisé les bras.

— Vas-y, je t'écoute.

— Bon, d'abord je ne t'aurais pas demandée en mariage si je te considérais comme une amie, a-t-il commencé en se penchant vers moi.

Il a fixé mon épaule gauche comme si c'était le truc le plus fascinant du monde.

— Si c'est ce que tu veux, qu'on reste amis, soit. Mais franchement, même si tu as peur de l'admettre, il faut que tu l'entendes : on ne pourra jamais être amis.

J'ai attendu le coup de grâce en jouant avec mon verre. J'ai regardé les mains de Jim, ces mains élégantes et fines. C'était un peu à cause d'elles que j'avais craqué pour lui, au début. Il parle beaucoup avec ses mains. Comme à ce moment-là. Il n'arrêtait pas de décrire des cercles dans l'air. Et moi, j'avais l'impression que j'allais mourir.

Je me suis aperçue que Jim s'attendait à une réaction de ma part mais j'étais trop sonnée par sa dernière phrase : on ne pourrait jamais être amis. Et pourtant, je m'en serais contentée, en fin de compte.

— Pourquoi l'amitié ne serait-elle pas possible ? me suis-je entendue dire, d'une voix rauque que je ne reconnaissais pas.

Jim a essayé de s'approcher. J'ai reculé et il a eu l'air de se décomposer. Il a pris une grande inspiration avant de déclarer :

— Parce que je suis tellement amoureux de toi que je ne peux pas rester à tes côtés si je n'ai pas le droit de te toucher, de t'embrasser et si je ne suis pas certain que mon amour est partagé. Je sais que j'ai été horrible avec toi et si je peux faire quoi que ce soit pour me racheter et regagner ta confiance, je le ferai. Dis-moi juste ce que tu veux.

Je me suis tassée sur ma chaise.

— Tu n'avais qu'à me dire que tu m'aimais, ça aurait suffi.

— C'est ce que je viens de faire.

Jim s'est penché vers moi et m'a regardée droit dans les yeux.

— Tu sais, quand j'ai retrouvé mon père, comme un idiot, je pensais que je devais faire partie d'une famille pour être moi-même. Mais j'ai compris que ma famille, c'est toi, Edie. Je t'ai choisie. Et grâce à toi, je suis vraiment moi.

La tête dans les mains, sans quitter des yeux le visage tendu de Jim, j'ai dit en pesant chacun de mes mots :

— Tu n'es pas mon ami. Et je n'ai pas envie que tu le deviennes. Tu es celui que j'aime et je veux juste que tu m'aimes en retour.

— C'est dans mes cordes, a répondu Jim avec empressement. Parfois, je ne sais pas bien le montrer mais je n'ai jamais aimé quelqu'un d'autre que toi.

Malgré tout, j'avais l'impression qu'il nous restait encore du chemin à parcourir.

— Et moi j'ai rompu avec toi parce que je croyais que tu ne pouvais pas m'aimer après tout le mal que tu m'avais fait. Finalement, peut-être m'as-tu blessée parce que tu m'aimais. Enfin, je veux dire... Je ne sais pas ce que je veux dire.

Jim m'a pris le menton pour que je le regarde.

— Je ne suis pas doué pour les sentiments, a-t-il confessé avec un sourire las. Et je sais, j'aurais dû t'expliquer ce qui se passait. Plus jamais je ne te ferai un coup pareil, je te le promets.

— Je te crois, ai-je dit d'une voix hésitante. C'est juste que rien n'est jamais simple entre nous. Il faut toujours que quelque chose vienne tout ficher par terre. J'ai envie d'être avec toi, mais parfois, t'aimer, ça me fait peur, Jim.

Il me tenait toujours le menton et quand mes larmes ont commencé à couler, il les a effacées du bout des doigts.

— Peut-être que ce n'est jamais simple, d'aimer quelqu'un, a-t-il murmuré. Peut-être que c'est forcément effrayant, bizarre et déstabilisant, vu que rien n'est jamais acquis dans ce domaine, pas vrai ?

J'ai acquiescé avant d'attraper une serviette en papier pour me moucher.

— Je ne peux pas te jurer que je ne pèterai plus jamais les plombs, je me connais, a-t-il poursuivi en prenant une autre serviette pour m'aider à essuyer mes larmes.

— J'essaierai de ne pas piquer des crises dans le seul but de te faire enrager, ai-je promis en repensant, non sans honte, à la façon dont je m'étais comportée dans la chambre quelques heures auparavant.

— C'était donc ça ? a demandé Jim.

— Tu étais si gentil que j'ai pensé : il ne s'énerve pas parce qu'il s'en fiche. J'en ai déduit que si tu te mettais en colère, au moins, tu ressentirais quelque chose pour moi. Mais, dit comme ça, ça paraît un peu... pathétique.

— O.K., a coupé Jim. On récapitule : je t'aime, tu m'aimes. Mais à la vie à la mort, hein, pas comme des amis. Je suis désolé d'avoir autant de mal à communiquer, tu es désolée d'avoir agi comme une cinglée. Et...

— Oh, et l'autre soir au Grand Canyon, quand je n'ai pas arrêté de te harceler, je voulais te pousser à bout pour que tu me sautes dessus et que tu m'avoues tes sentiments...

— Bon sang, Edie ! a grommelé Jim. Je t'ai assez prouvé que je t'aimais encore. Je n'arrêtais pas de te toucher, de te frôler en changeant les vitesses. J'ai même conduit torse nu ! Et puis je t'ai dorlotée, je t'ai offert des tas de cadeaux pour te montrer à quel point je tenais à toi.

— On peut s'embrasser, maintenant ? ai-je marmonné en me blottissant contre lui.

Il m'a prise dans ses bras, j'ai senti la chaleur de son corps m'envelopper, j'ai posé la tête contre son épaule, et c'est seulement alors que je me suis dit : tout ira bien. Puis il m'a attirée sur ses genoux, un bras autour de ma taille, et il m'a embrassée dans le cou. Je l'ai enlacé à mon tour et d'un ton solennel, j'ai dit :

— Je t'aime, Jim.

— Moi aussi je t'aime, Edie, a répondu Jim avant de s'esclaffer.

— Quoi ? ai-je lancé d'un ton indigné en lui donnant un bon coup de coude.

— Si on voyait une scène pareille dans une sitcom, on serait morts de rire.

— Tu marques un point, ai-je convenu.

Je me suis adossée contre lui en sirotant mon vin tandis qu'il me caressait l'épaule. Quel plaisir de retrouver un peu de calme !

Soudain, une foule a fait irruption dans le bar pour célébrer un mariage, la spécialité de Las Vegas. On était arrivés depuis douze heures et je voyais ma première mariée, vêtue d'une longue robe blanche. L'heureux élu passait de table en table pour offrir une tournée générale, et j'ai senti Jim se raidir contre moi.

— Tu n'as pas répondu à ma question.

— Quelle question ?

Je me suis tournée vers lui. Jim m'a tendu le certificat de mariage.

— Tu veux qu'on se marie ?

Oh, ça, j'aimais Jim, malgré ses nombreux défauts,

et je ne pouvais pas m'imaginer vivre sans lui, mais se marier ? C'était un truc de vieux.

— Et toi, tu veux qu'on se marie ?

— J'ai demandé le premier.

Je l'ai regardé droit dans les yeux et j'ai effleuré ses lèvres du bout des doigts avant de répondre :

— Jim, je t'aime mais je n'ai pas envie de me marier. Je ne suis même pas capable de prévoir ce que je vais manger demain au petit déjeuner. Je ne peux pas prendre une décision qui m'engagera pour le reste de ma vie. Ça ne signifie pas que je ne suis pas flattée ou que je ne t'aime pas...

J'allais poursuivre mais l'air soulagé de Jim ne me laissait aucun doute sur son état d'esprit.

— Je ne sais pas pourquoi tu me demandes en mariage si tu as peur que j'accepte, ai-je repris, vexée.

— C'était un geste grandiose et un peu mélodramatique pour te montrer que je t'aimais, a protesté Jim avec un sourire moqueur.

— Oh, comme il m'a manqué, ce sourire-là ! Si tu avais vraiment voulu faire un geste grandiose, tu m'aurais acheté un bijou.

— Oui, quelqu'un m'a conseillé le coup du bijou. Mais j'ai d'autres preuves d'amour en réserve.

— Quoi ? Un hors-bord ? Une décapotable ?

Jim m'a délogée de ses genoux puis s'est levé et m'a enlacée.

— Remontons dans la chambre, je vais te montrer, a-t-il susurré.

— De quoi on parle, là ? D'amour fou, sauvage et passionné ou d'un sentiment tendre, platonique, style pas avant le mariage ? ai-je demandé tandis que Jim slalomait entre les tables en me tirant par la main.

— Des deux. Et j'ai encore des tas d'autres idées en tête.

En sortant du bar pour rejoindre les ascenseurs, j'ai entendu une vieille dame dire à son amie :

— Pourquoi cette fille est-elle en pyjama ?

Et comme les portes se refermaient sur nous et que Jim se penchait pour m'embrasser, l'autre femme a répondu :

— On est à Las Vegas, Barbara. Ici, les gens sont fous.

Une fois dans le couloir, avec Jim qui se collait contre moi pour m'embrasser dans le cou, j'ai dû lutter avec le passe en plastique pour ouvrir la porte de la chambre. On s'est précipités à l'intérieur puis on s'est jetés sur le lit.

Cette fois, Jim ne m'a pas demandé de me rhabiller. Il m'a même aidée à enlever mes vêtements tout en embrassant chaque partie de mon corps que je dénudais. Puis, sans me lâcher les mains, il m'a montré de mille façons combien il m'aimait. Et même lorsque j'ai cru perdre la tête, les mots d'amour qu'il me répétait m'ont gardée près de lui.

Beaucoup plus tard, tandis que le soleil du matin éclairait le désordre du lit, j'ai caressé le torse de Jim, qui me servait d'oreiller (pas très confortable, il faut bien l'admettre).

— Jim, tu dors ?

— J'essaie.

— Tu sais, cette histoire de mariage...

J'ai senti son corps se raidir un peu.

— Oui ?

J'ai souri.

— Détends-toi, je ne vais pas te traîner jusqu'à la chapelle Elvis. Mais tu peux me reposer la question dans quelques années.

— Je n'y manquerai pas, a-t-il répondu d'une voix ensommeillée en se lovant contre moi. Enfin, d'abord, il va falloir qu'on grandisse un peu et qu'on gagne notre vie. Ensuite, je veux être certain que tes parents n'embaucheront pas un tueur à gages pour me régler mon compte.

Los Angeles, Californie

14 septembre

Ces derniers jours, on a vécu sur un nuage. L'air pollué de Los Angeles n'est pour rien dans cet état de grâce, j'y verrais plutôt l'influence de Jim. On est tellement fous l'un de l'autre que, de temps en temps, je me surprends à le contempler d'un air idiot et il commence à m'appeler par de petits noms débiles, genre « Choupette », qui me donnent envie de lui rire au nez.

On a passé deux jours entiers dans notre chambre d'hôtel de Las Vegas à redécouvrir le plaisir d'être ensemble. Quand on est remontés à la surface, on a roulé pendant cinq heures jusqu'à Los Angeles avant de disparaître dans une autre chambre d'hôtel. Renonçant à nos goûts de luxe, nous avons décidé de nous installer au Beverly Laurel Motel dont le bar figure dans un film que Jessie adore : il nous a même chargés de prendre des photos.

Une fois sur place, il nous restait deux jours à tuer avant de rendre la voiture, alors on a roulé jusqu'à Santa Monica et on s'est baladés sur la plage. Quel plaisir de se retrouver au bord du Pacifique après tant de kilomètres parcourus à l'intérieur du pays ! C'était comme si l'océan qui me léchait les pieds me lavait de tous les mauvais souvenirs que j'avais accumulés.

Seule ombre au tableau (il y en avait d'autres mais elles pouvaient bien attendre notre retour en Angleterre), il nous faudrait rendre notre vieux tacot. Avec cette voiture, c'était tantôt l'amour, tantôt la haine. Elle avait été notre toit pendant presque deux mois, le témoin de tout ce qu'on avait vécu, nos joies et nos peines. Cela dit, Jim s'inquiétait surtout au sujet des milliers de kilomètres qu'on avait ajoutés au compteur.

— Cette bagnole a près de vingt ans, lui ai-je rappelé. C'est un miracle qu'elle ne soit jamais tombée en panne.

— Ne parle pas de malheur ! Je dois encore la conduire jusqu'à Silverlake et je ne tiens pas à ce que le moteur nous lâche en cours de route.

— Si ça te travaille tellement, on n'a qu'à les appeler de l'aéroport pour leur demander de venir récupérer la voiture ici, ai-je suggéré.

— Edie ! s'est-il exclamé en feignant l'indignation. Quelle idée ! Remarque, maintenant que tu m'y fais penser...

Il m'a dévisagée et je lui ai rendu son regard, l'air de dire : « Bon, qu'est-ce qu'on fait ? »

Jim a soupiré puis il a marmonné dans sa barbe :

— Tout de même, ce ne serait pas correct.

Il s'est levé pour aller téléphoner. Quand il est revenu, tout était réglé.

— Ils m'ont proposé de laisser la voiture ici, sur un parking du campus universitaire, a-t-il annoncé gaiement. Ils connaissent un étudiant qui veut bien la conduire jusqu'à Seattle. Je dois juste déposer les clés au service des inscriptions.

— Ils s'en fichent complètement, de cette bagnole, ai-je commenté, l'air songeur.

On a profité de nos derniers jours à Los Angeles pour faire un marathon shopping en affrontant les transports en commun. Ça peut sembler incroyable, mais nous avions encore un petit pactole à nous deux. On a décidé de dépenser mille dollars et de garder le reste : on pouvait donc faire le plein de cadeaux ringards et aller danser dans des clubs rétro. Jim a ainsi pu mettre l'authentique chemise de bowling vintage que je lui ai offerte et, de mon côté, j'ai enfin eu l'occasion de porter une des innombrables robes de cocktail que j'avais entassées dans ma valise.

Et puis on a joué les touristes. On a visité les hauts lieux de Los Angeles, en commençant par le théâtre chinois de Mann et ses célèbres empreintes de mains, pour finir dans un café de Sunset Boulevard, où on a vu l'acteur qui joue Spike dans *Buffy* commander un lapsang souchong. Ce fut pour moi le point culminant de notre séjour.

Los Angeles – Londres

15 septembre

On prétend qu'une fois là-bas, on ne peut plus repartir. Eh bien, c'est faux, vu qu'on est dans l'avion et que, sauf détournement ou panne de moteur, on atterrira sur le sol anglais dans quelques heures. Jim dort contre mon épaule avec un petit sourire sur les lèvres.

— Je n'ai pas envie de rentrer ! ai-je pleurniché une fois que l'avion a décollé et que je pouvais enfin me détendre. J'ai la trouille pour après.

Jim m'a enlacée.

— Qu'est-ce que tu entends par « après » ?

— Tout le reste. La rentrée universitaire... C'est vrai, imagine que je ne me fasse pas d'amis et que je n'aie pas le niveau...

Jim m'a pris la main et l'a serrée dans la sienne.

— Edie, tu as eu ton diplôme les doigts dans le nez, et tu as choisi français et littérature anglaise. C'est une filière facile, tout le monde le sait.

— Qu'est-ce qui m'a pris de m'inscrire là-bas ? Jim, qu'est-ce que je vais devenir sans toi ?

Et j'ai éclaté en sanglots parce que Jim était assis à côté de moi, qu'il me tenait la main, et que dans deux jours à peine il ne serait plus là. Et il me faudrait plus que dix minutes de marche pour le rejoindre.

Jim n'a pas répondu : pour une fois, il avait du mal à garder bonne figure. Il s'est essuyé les yeux, à croire qu'il allait se mettre à pleurer, lui aussi.

— Je vais dépenser tout l'argent qu'il me reste en billets de train et en coups de fil, a-t-il murmuré. Et puis ce n'est pas parce que tu t'en vas à Londres que tu ne seras plus avec moi.

— Oui, c'est vrai. On s'est trouvés, non ?

— Oui, on s'est trouvés.

15 septembre (plus tard)

Quand on est descendus de l'avion, la nuit tombait et on déprimait un peu, tous les deux. On avait prévu de passer la nuit chez ma tante Margaret à Clapham, mais plus j'y réfléchissais, moins je me sentais capable d'affronter les milliards de questions qu'on ne manquerait pas de nous poser. Et puis on serait obligés de dormir dans des chambres séparées. Comme si on n'avait pas couché ensemble au cours de ces deux derniers mois !

Tout en traversant les kilomètres de couloirs grisâtres qui menaient au métro, j'ai eu une idée.

— Écoute, Jim. C'est notre dernière nuit ensemble avant, tu sais, la vraie vie. On laisse tomber ma tante et on va dormir à l'hôtel. On n'a qu'à faire semblant d'être encore en vacances.

Jim m'a regardée et j'ai ouvert de grands yeux innocents : il ne pourrait rien me refuser.

— Pas la peine de me faire les yeux doux, a-t-il répondu. Ce serait génial de passer une nuit de plus à l'hôtel. Il ne nous reste qu'à trouver un téléphone.

Tante Margaret n'a pas été enchantée en apprenant la nouvelle : elle a objecté qu'il me faudrait bien deux nuits de sommeil pour « commencer tes études dans de bonnes dispositions, Edith ». Ensuite, avec tout le barda qu'on avait accumulé pendant le séjour, on a rejoint tant bien que mal le quai du métro sans chariot à bagages et, avant de s'en apercevoir, on arrivait à la station de Paddington.

— Et maintenant ? a demandé Jim une fois qu'on s'est retrouvés sur le trottoir.

J'ai haussé les épaules.

— Je ne sais pas. Les seuls hôtels qui me viennent à l'esprit, ce sont les plus chers : le Ritz, le Metropolitan et le Sanderson.

Jim n'a pas sourcillé.

— Il me reste de l'argent. C'est tout ce que m'a donné mon père. Alors si j'ai envie de me payer un hôtel hors de prix, je ne vais pas me gêner. Disons que c'est le cadeau de mon père.

— Je t'aime, tu sais. Et je crois que je vais encore me mettre à pleurer.

Jim m'a enlacée.

— Choisis un hôtel, n'importe lequel.

— O.K., le Sanderson, alors. Il paraît qu'il en jette.

Camden, Londres

16 septembre

Ce matin, pour la dernière fois, on s'est réveillés dans une chambre d'hôtel. En ouvrant les yeux, j'ai aperçu Jim, appuyé sur un coude, qui me contemplait.

— Salut, toi, ai-je marmonné d'une voix ensommeillée.

— Salut. Tu ressembles à une gamine quand tu dors.

— Je ne suis pas une gamine, ai-je répondu en souriant. Je suis une grande fille.

— Ah oui ?

— Ouep. Tu veux que je te montre ? ai-je susurré avant de me pencher pour lui mordiller la lèvre inférieure.

On s'est embrassés à pleine bouche. Et on n'a pas beaucoup parlé ensuite.

Deux heures plus tard, on était enfin prêts à partir. J'ai appelé Alice sur son portable. Elle m'a appris que

Paul et elle se trouvaient déjà à Camden. On a prévu de se retrouver dans un restaurant italien du quartier à l'heure du déjeuner. Puis on a sauté dans un taxi (on avait décidé une fois pour toutes que ce n'était plus la peine d'économiser) et on a passé la plus grande partie du trajet scotchés l'un à l'autre.

En ouvrant la porte du restaurant, j'ai cru avoir une crise cardiaque. Alice et Paul étaient assis à une table avec Penelope, Atsuko, Deborah, Jessie, Jack et Grace, qui s'est précipitée vers moi à la seconde où elle nous a vus pour me serrer dans ses bras. Heureusement que Jim nous a retenues, sinon on atterrissait par terre.

— Oh, je n'en reviens pas que tu sois là ! s'est-elle exclamée. Tu as besoin d'une couleur, on voit tes racines. Et tu es toute bronzée.

— Il a fait très chaud. Et je n'ai pas besoin d'une couleur, merci ! C'est mon nouveau look trash, la dernière mode en Louisiane.

Grace m'a entraînée vers la table. Jim nous a emboîté le pas, les bras chargés de sacs. Tout le monde semblait content de nous voir, sauf Penelope qui s'est contentée de hocher la tête dans ma direction avant de se replonger dans le menu. Après tout ce qui s'était passé, je n'arrivais pas à croire qu'elle soit toujours fâchée contre moi.

Paul m'a demandé ce que je voulais boire, j'ai sorti des sacs les réveils Elvis et les tee-shirts I ♥ NY qu'on avait rapportés, et j'ai oublié Penelope.

On a parlé de la tournée, du nouveau chat de Paul et d'Alice, et de ses bêtises. Au café, Jessie a frappé du poing sur la table avant de demander :

— Au fait, et ces vacances ?

Avec Jim, on a échangé un sourire.

— C'était bien.

— Ouais, sympa.

Alice a ricané.

— Vous avez passé deux mois aux USA et c'était sympa ? a-t-elle observé d'un ton incrédule.

J'ai remué ma cuillère dans mon café.

— Par où commencer ?

Jim a pris une grande inspiration.

— En bref, j'ai retrouvé mon père et je l'ai reperdu. Puis on a rompu et on s'est réconciliés. Edie a failli mourir mais elle a guéri. Enfin on a pensé se marier mais on a changé d'avis.

Ils nous ont tous regardés, bouche bée, comme si on venait de leur annoncer qu'on était devenus des adorateurs du diable, puis Jessie a secoué la tête.

— Non, mon pote. Je veux juste savoir où vous êtes allés, pas ce que vous avez fait.

Je devais encore régler quelques détails avec la résidence universitaire, et le groupe devait aller installer les instruments. Au bout d'une demi-heure de négociations laborieuses, on s'est mis d'accord pour se retrouver autour d'un verre sur le lieu du concert avant l'entrée en scène.

Grace a insisté pour venir avec nous mais Penelope a objecté qu'elle devait s'occuper des derniers réglages.

— Tu es la guitariste du groupe, a-t-elle crié. Assume !

— Oh ! Ne commence pas à me donner des ordres sous prétexte que tu es de mauvaise humeur, a répliqué Grace avec une violence inhabituelle.

Elles ont échangé un regard noir avec la même expression de colère sur le visage. Alors Jessie est intervenu en proposant de régler la guitare de Grace à sa place.

— On dirait que tu as pris de l'assurance pendant notre absence, Grace, a remarqué Jim en chemin.

— Ouep, les filles aussi ont la tchatche, a répondu Grace du tac au tac avant de s'esclaffer devant mon air abasourdi.

— Grace, tu as tellement changé. Je te trouve grandie, lui ai-je dit plus tard en défaisant ma valise.

— Moi, je n'ai pas l'impression d'avoir changé, a-t-elle avoué. Qu'est-ce que tu penses de la nouvelle coupe de Jack ? C'est moche, pas vrai ?

Peut-être qu'elle n'avait pas tant grandi que ça, en effet.

— Qu'est-ce que c'est que ça ? a-t-elle demandé en indiquant le cahier aux pages écornées et tachées que je tenais à la main.

— C'est mon journal.

Grace m'a regardée, l'air intrigué.

— Je ne savais pas que tu écrivais un journal. Je peux y jeter un coup d'œil ?

— Non, c'est privé !... En y réfléchissant, j'ai toujours eu un journal, ai-je ajouté après un silence.

— De quoi tu parles là-dedans ?

J'ai haussé les épaules.

— De ce que je ressens, de ce que je fais. Il y est beaucoup question de Jim. Ça m'aide à y voir plus clair. Je couche mes pensées sur le papier pour donner un sens à ce qui m'arrive.

Grace est restée silencieuse une minute.

— Peut-être que je devrais m'y mettre, moi aussi : j'ai l'esprit embrouillé ces derniers temps.

Alice et Paul ont proposé de conduire Grace au concert. C'était sans doute une idée d'Alice pour nous laisser en tête à tête. Jim s'est vautré sur mon petit lit pendant que je rangeais mes vêtements propres et jetais mon linge sale en boule sur le sol. Et alors ? C'est une méthode comme une autre.

On est retournés à Camden à pied, main dans la main, sans nous parler. Honnêtement, je n'avais aucune envie d'assister à un concert. Même si c'étaient mes amis qui jouaient. Mais je n'avais pas vraiment le choix.

En arrivant au pub, on a trouvé un coin tranquille pour s'asseoir.

Jim s'est mis à me caresser la paume de la main d'un air absent.

— J'ai du mal à croire que je rentre à Manchester dans quelques heures, a-t-il fini par dire.

C'est là que la réalité m'a sauté à la figure.

— J'essaie de ne pas y penser, ai-je marmonné. Ça va me faire drôle de passer la nuit seule.

— Ton lit est si petit qu'on sera obligés d'y dormir à tour de rôle quand je viendrai te rendre visite.

Jim essayait de plaisanter mais, au ton de sa voix, on aurait dit qu'il était au bord du suicide.

— Il va me paraître trop grand sans toi, ai-je objecté en lui caressant la joue. C'est bizarre, j'ai trouvé les couloirs de la résidence très silencieux.

— Tu as un jour d'avance.

J'ai fermé les yeux un instant.

— Qu'est-ce qu'on fait, assis là, à se raconter des bêtises alors que tu vas bientôt t'en aller ? me suis-je écriée. J'ai des tas de choses à te dire et je te parle de la taille de mon lit !

— Tout ce que tu dois me dire, c'est que tu m'aimes et qu'on se verra dans deux semaines.

— Je t'aime, mon artiste. Et vive les longues vacances.

— Je ne veux pas que tu te mettes à déprimer parce que tu n'es pas avec moi. Tu es à Londres, il y a plein d'endroits super et de gens fabuleux, et il faut que tu en profites à fond.

J'ai posé un doigt sur les lèvres de Jim pour le faire taire.

— Écoute, je suis très contente d'être ici et j'ai bien l'intention d'en profiter dès demain. Mais pour l'instant, tu es là, et le reste peut aller se faire voir.

— Encore une fois, Edie, on sera toujours ensemble, a murmuré Jim. Même si on se sépare, tu resteras toujours avec moi.

— Arrête maintenant ou je vais pleurer. Et mon mascara n'est pas waterproof.

Les autres nous ont laissés tranquilles. Comme si on était protégés par une barrière invisible avec un panneau précisant : « Zone d'adieux. Défense d'entrer ».

À un moment, j'ai vu Penelope disparaître dans les toilettes.

Jim a suivi mon regard.

— Il faut que je m'explique avec elle une fois pour toutes, ai-je décrété en me levant.

Jim a mis les mains devant ses yeux.

— Je n'ai rien à voir là-dedans, a-t-il protesté. Je vais rejoindre Alice.

Penelope était là, les mains sur les hanches, dans une attitude un peu belliqueuse.

Ouh là.

Je me suis lavé les mains en espérant qu'elle parlerait la première. Nos regards se sont croisés dans le miroir.

— Allez, Penelope, on ne va pas continuer comme

ça. Tu étais au courant pour le road trip depuis le mois de septembre, et tu savais aussi qu'un jour ou l'autre, j'entrerais à l'université.

— Je ne pensais pas que tu irais jusqu'au bout ! s'est-elle écriée en passant la main dans sa chevelure blond platine. Il faut croire que moi et le groupe, on ne compte pas.

— Ce n'est pas vrai. Tu es comme ma sœur. Tu es ma meilleure amie, Penelope.

— Tu aurais pu passer l'été ici pour partir en tournée avec nous, a-t-elle poursuivi plus bas. Au lieu de ça, tu nous as laissées tomber. Grace est nulle à la guitare.

— Tu n'avais qu'à ne pas organiser cette tournée sans nous consulter, lui ai-je rappelé. Il n'y a pas que toi dans ma vie, il y a aussi Jim, mes parents et le reste. J'ai essayé de jongler avec tout ça, Penelope, mais je ne peux pas lancer toutes les balles à la fois.

Penelope a levé les yeux au ciel.

— Oh là là, toi et tes métaphores tordues : ce n'est pas ce qui va me manquer le plus.

— Tu vas regretter le reste, pas vrai ?

— Ce n'est pas ce que j'ai dit, a-t-elle rétorqué d'un ton boudeur.

Je me suis détournée du miroir : difficile d'ouvrir son cœur à un reflet, et plus difficile encore de l'étreindre.

— Ne m'approche pas ! a-t-elle eu le temps de glapir avant que je la serre dans mes bras.

J'ai respiré le parfum de vanille dont elle s'asperge toujours. C'est une de ces odeurs familières qui me remplissent de joie, parce que quand je la sens Penelope n'est jamais très loin. Soudain, elle m'a caressé les cheveux.

— Tu vas me manquer, ai-je marmonné. Malgré ton sale caractère.

— Mmm, et je penserai peut-être à te citer dans mes remerciements quand j'irai chercher mon MTV award. Peut-être.

On s'est détachées l'une de l'autre et Penelope m'a pris la main.

— Quand tu m'as appelée, j'ai su tout de suite que quelque chose ne tournait pas rond. Et ce qui m'a le plus bouleversée, c'est que je n'étais pas là pour toi. Si on ne s'était pas disputées, si je ne m'étais pas montrée odieuse avant ton départ, tu te serais confiée à moi et j'aurais peut-être pu t'aider.

Je me suis mordu la lèvre.

— Je n'aurais pas dû t'appeler, ce n'était pas bien. Mais tout allait de travers et tu étais la seule à qui j'avais envie de parler.

— Mais c'est réglé maintenant, hein ? a-t-elle demandé avec inquiétude. Jim et toi, vous avez l'air encore plus scotchés l'un à l'autre que d'habitude.

Je lui ai donné un coup de coude.

— C'est bon, j'ai compris le message, ai-je répondu d'un ton faussement boudeur. Et avec Jessie, comment ça se passe ? J'ai entendu dire qu'il avait retrouvé l'homme des cavernes qui sommeillait en lui.

Penelope a levé les yeux au ciel.

— Oh, je sais m'y prendre avec Jessie, a-t-elle grommelé. Le romantisme gnangnan, très peu pour moi. Je suis contente qu'on se soit réconciliées. Si jamais tu reviens à la raison et que tu décides de rejoindre le groupe... eh bien, il faudra que tu passes une audition.

— Je suis trop chère pour toi, ai-je ironisé.

— Allez, je parie que Jim te cherche, a-t-elle dit en me poussant dehors. J'ai l'impression qu'il te veut pour lui seul, ce soir.

Jim attendait près de la scène en tapant du pied d'un air impatient.

— Tiens ! a crié Penelope avec une pointe d'agressivité dans la voix. Prends-la, je n'en veux plus. C'est un mauvais coup, cette fille !

— Oh, j'en déduis que vous vous êtes réconciliées, a répondu Jim en m'adressant un clin d'œil.

Il a pris Penelope dans ses bras et lui a déposé un baiser sonore sur le haut du crâne pendant qu'elle se tortillait pour lui échapper en prenant l'air dégoûté.

— Ce que vous pouvez être tactiles, tous les deux, ça me tape sur les nerfs, a-t-elle lancé d'un ton faussement irrité. Bon, je crois que je suis prête pour entrer en scène.

Sur ces mots, elle a disparu en coulisse. Cette fille est née pour devenir une star.

Le groupe a fait des progrès énormes depuis la dernière fois que je l'ai vu jouer. C'est-à-dire à l'époque où j'en faisais partie. Les filles étaient plus synchro et elles faisaient moins de fausses notes. Penelope se métamorphosait sur scène. On aurait dit une déesse scintillante qui se déhanchait en brandissant sa guitare comme une arme.

Atsuko se démenait comme un beau diable à la batterie et Deborah roulait des hanches en faisant des clins d'œil aux garçons du public. Mais la plus cool, c'était Grace. Au lieu de remuer dans tous les sens comme les autres, elle était comme clouée sur place, tirant des sons fantastiques de sa guitare. Elle donnait l'impression qu'elle se fichait complètement d'être sur scène. La nonchalance incarnée ! La tête légèrement inclinée, le poids du corps sur la jambe droite, la petite bosse du ventre dépassant du jean.

Elles ont joué toutes les vieilles chansons, plus quelques nouvelles que je ne connaissais pas. On approchait de la fin du concert quand Penelope s'est emparée du micro.

— Nous avons une invitée spéciale dans le public, a-t-elle annoncé. Un ancien membre de Mellowstar.

Mon sang s'est figé dans mes veines. Jim s'est tourné vers moi, un sourcil levé.

— Elle a fait le tour des États-Unis, a poursuivi

Penelope. Elle est là ce soir en exclusivité et je vous demande de l'applaudir de toutes vos forces : Miss Edie Evil !

Jim m'a considérée d'un air goguenard.

— C'était mon nom de scène, ai-je grommelé.

Penelope m'a fait signe de la rejoindre. J'étais très mal à l'aise. En plus, je portais une robe super-courte et je n'avais pas envie de montrer ma culotte au public.

— Allez, Edie Evil. Ne fais pas la timide, a crié Penelope en se penchant vers moi.

Jim m'a poussée vers ses bras tendus. Tout le monde s'est tourné vers moi et, avec un soupir résigné, j'ai laissé Jim me soulever jusqu'à l'estrade.

J'ai fait une petite révérence, puis j'ai murmuré à l'oreille de Penelope :

— Je vais te massacrer.

— Edie Evil et moi, on voudrait vous chanter une petite chanson qu'on a écrite il y a longtemps, a-t-elle expliqué en me prenant par l'épaule. Cette chanson s'appelle *Toxic* et parle des garçons qui vous brisent le cœur et ne vous reconduisent jamais chez vous.

Au fond, j'étais ravie de remonter sur scène avec mes meilleures copines en présence de Jim. Il me regardait avec fierté tandis que j'assassinais la gente masculine par chanson interposée.

Quel souvenir, ces cinq minutes de notre dernière nuit ensemble. Il me contemplait comme s'il n'arrivait pas à croire que j'étais à lui !

Et c'est ce que je veux retenir de cette soirée : Jim qui me regardait en riant. Après, il y a eu des baisers au goût de sel et des adieux difficiles.

Le groupe avait déjà remballé le matériel et repris la route. Alice et Paul attendaient dans la voiture, le moteur en marche. Jim et moi, on était collés l'un à l'autre comme s'il partait pour la guerre.

— Jim, a dit Alice avec douceur. Il faut qu'on y aille.

Jim m'a donné un dernier baiser doux-amer avant de monter en voiture.

— Je t'appelle demain, a-t-il lancé.

Tout avait déjà été dit. Il a baissé la vitre et m'a tendu la main. Je l'ai agrippée.

— On a fait un beau voyage, Jim, ai-je crié par-dessus le bruit du moteur, tandis que Paul commençait à manœuvrer.

— Plus qu'un voyage, a répondu Jim. C'était comme, je ne sais pas, un nouveau départ dans la vie.

La voiture a accéléré et j'ai couru, encore et encore, jusqu'à ce que Jim soit obligé de me lâcher la main. Il a sorti la tête par la vitre pour me lancer un dernier regard tandis que je continuais à lui faire signe. Et même s'il reprenait le chemin de Manchester, j'avais l'impression qu'il restait à côté de moi.

C'est vrai, notre périple signifie bien plus que les kilomètres parcourus ou les endroits étonnants qu'on a visités. Et même si on a vécu pas mal d'aventures, même si on s'est fait de sacrées frayeurs, même si cette expérience nous a changés, on est toujours ensemble. Je crois que, parfois, il faut partir au bout du monde pour mieux repartir dans la vie.

Immobile, j'ai regardé la voiture s'éloigner jusqu'à ce que les feux arrière ne soient plus que deux minuscules points lumineux.

Vous avez aimé

Journal d'un coup de foudre

**Alors rencontrez vite
Amélie, Jade, Cléo et Tatiana
les quatre héroïnes drôles et délurées
de la série**

Une semaine d'enfer

Cet ouvrage a été composé par
PCA - 44400 REZÉ

Achevé d'imprimer sur les presses de

BUSSIÈRE

GROUPE CPI

à Saint-Amand-Montrond (Cher)
en avril 2006

POCKET 12, avenue d'Italie - 75627 PARIS Cedex 13 - 01.44.16.05.00

— N° d'imp. 061298/1. —
Dépôt légal : mai 2006.

Imprimé en France